उपन्यास

ज्योति कलश

ज्योति कलश

['जय हो' जग में जले जहाँ भी, नमन पुनीत अनल को]

संजीव

राजकमल प्रकाशन

ISBN : 978-93-6086-356-2

मूल्य : ₹595

पहला संस्करण : 2025

प्रकाशक : राजकमल प्रकाशन प्रा. लि.
1-बी, नेताजी सुभाष मार्ग, दरियागंज
नई दिल्ली-110 002

शाखाएँ : अशोक राजपथ, साइंस कॉलेज के सामने, पटना-800 006
पहली मंज़िल, दरबारी बिल्डिंग, महात्मा गांधी मार्ग, प्रयागराज-211 001
1, अनमोल सोराबजी सन्तुक लेन, धोबी तलाव, मरीन लाइंस, मुम्बई-400 002

वेबसाइट : www.rajkamalprakashan.com
ई-मेल : info@rajkamalprakashan.com

मुद्रक : विकास कंप्यूटर एंड प्रिंटर्स
ट्रॉनिका सिटी-201 102

JYOTI KALASH
Novel by Sanjeev

अपने आदर्श कबीर को

आभार स्वीकार

सुभाष सैनी, दिनेश कुशवाह, शिव कुमार यादव, धर्मेन्द्र सुशान्त, शिवमूर्ति, डॉ. रविशंकर सिंह, संजय भालोटिया

महात्मा जोतिबा फुले

पुणे, महाराष्ट्र, 1827

बीतते बसन्त की एक शाम। कटी-फटी पहाड़ियों पर चाँद फिसलता जा रहा है। आधा उजला, आधा कजला, धूसर चाँदनी। पहाड़ी के नीचे एक खाट पड़ी है। उस पर लेटा पड़ा है गाँव का कुलकर्णी। सिरहाने रखी है गुड़ की डली और 'मनुस्मृति'।

सामने हाथ जोड़े खड़ा है गोन्हे, परिवार का मुखिया। आख़िरी बार पूछता है कुलकर्णी से, "तो महाराज, खेत...!"

"कहं दिया न गोन्हे, इस खेत का मोह छोड़ दो...यह हमारा हुआ... मेहनती आदमी हो...तुम फिर से नया खेत बना लोगे। मैं कोई अन्याय नहीं कर रहा हूँ। यह देखो, शास्त्र क्या कहता है—शूद्र द्वारा उपार्जित धन को ब्राह्मण निर्भीक होकर ले सकता है, उसका धन उसके स्वामी के अधीन होता है।"

विस्रब्धं ब्राह्मणः शूद्राद् द्रव्योपादानमाचरेत्।
न हि तस्यास्ति किञ्चत्स्वं भर्तृहार्यधनो हि सः॥ (मनुस्मृति, 8/417)

सहसा लहरों में उछाल आता है। गोन्हे के निहोरा करते दोनों जुड़े हाथ पलटकर ब्राह्मण कुलकर्णी के गले के गिर्द जा कसते हैं।

कुलकर्णी बकरे की तरह छटपटाया होगा। आकाश के परिन्दे चक्कर काटते, चीख़ते रहे होंगे। खाट पर 'मनुस्मृति', गुड़ की डली और कुलकर्णी की देह पड़ी रह गई होगी जिन पर चींटियाँ रेंगने लगी होंगी।

आगे चलकर गोन्हे शेष परिवार से मिलते हैं। छुपते-छुपाते, बचते-बचाते गोन्हे परिवार आता है पुणे की खनवाड़ी में। धीरे-धीरे पाँव जमते हैं। बच्चों को मिलता है भेड़ चराने का काम और बड़ों को फूलों की देखभाल।

बच्चे उन फूलों को पेशवा-दरबार में पहुँचाया करते हैं। फूल पसन्द आते हैं। ख़ुश होकर गोन्हे-परिवार को पार्वती पहाड़ी की तलहटी में ज़मीन मिलती है, अड़तीस एकड़। कुलनाम गोन्हे से बदलकर फुले।

11 अप्रैल, 1827 को उस परिवार में एक शिशु का जन्म होता है। कोल्हापुर की पहाड़ी पर स्थित ज्योति के नाम पर शिशु का नाम रखा जाता है जोती। नौ वर्ष पूर्व ही पेशवाशाही ख़त्म हो चुकी है और जोतिबा नौ माह के थे कि माता चिमनाबाई का भी देहान्त हो चुका है। पिता गोविन्दराव के सामने नौ माह के शिशु के पालन-पोषण की समस्या उठ खड़ी होती है। तब यह दाय-दायित्व सँभालने के लिए आती हैं उनकी मौसी घोंडाबाई की विधवा बेटी सगुणाबाई। वे पुणे के पास हड़पसर नामक स्थान के दयासागर-परिवार की अत्यन्त दयालु महिला हैं। जैसा नाम वैसा गुण, दया की प्रतिमूर्ति! वे पति की मृत्यु के बाद से जॉन नामक पादरी के घर सेविका का काम करती हैं।

कहते हैं, जिस दिन बालक का जन्म हुआ, उसी दिन ब्राह्मण पेशवाशाही के गढ़ माने जानेवाले 'शनिवार वाड़े' में आग लगी, वह जलकर राख हो गया। इस संकेत को क्या मानेंगे...क्रूर ब्राह्मणी व्यवस्था के भस्मसात होने का सूत्रपात...

जोती के व्यक्तित्व का विकास सगुणाबाई की स्नेहिल छाया और ईसाइयत के मानव-दरदी आलोक में हुआ, जहाँ न कोई ऊँच था, न कोई नीच...सब उसी ईश्वर की सन्तान!

समय की धूप-छाँही में गुज़र गए एक-एक कर पाँच बरस। जोती छह बरस के हुए। सगुणाबाई के पोषण ने उन्हें एक हृष्ट-पुष्ट बालक में विकसित किया था।

उन दिनों शूद्रों के बच्चों के लिए पढ़ना-लिखना बेमानी चीज़ थी। फिर भी जाने किस प्रेरणावश जोती को गोविन्दराव ने पढ़ाने का निर्णय लिया। ऊँची जाति के ब्राह्मण पता नहीं क्यों, शूद्रों की शिक्षा के विरुद्ध हो जाते। कई स्कूल महज़ इसलिए त्याज्य माने जाते कि वहाँ ग़ैरद्विज के बच्चे थे। जोती की कुशाग्रता से कुढ़कर एक ब्राह्मण लिपिक ने गोविन्दराव को नाक सिकोड़कर नेक सलाह दी, "क्यों गोइँठे में घी सुखवा रहे हो? बड़ा होकर तो यह बालक आपके हाथ से निकल जाएगा।"

इस ईर्ष्या और जाति-द्वेष के ज़हरीले वातावरण का असर यह हुआ कि गोविन्दराव ने जोती का स्कूल छुड़वा दिया।

अब खेत थे, खेत की शाक-सब्ज़ियाँ थीं, फूल थे, चटखती कलियाँ थीं और था बालक जोती। उम्र थोड़े ही रुकती। तेरह के हो गए जोती। पिता गोविन्दराव को लगा कि अब बेटे का ब्याह कर देना चाहिए। और दुल्हन...? कहीं दूर सतारा के नायगाँव में 3 जनवरी, 1831 ई. को जोती की दुल्हन जन्म ले चुकी थी और अब आठ साल की हो चुकी थी। नाम सावित्रीबाई। गुदगुदी लगने जैसा मगर ठीक-ठीक न दूल्हे को पता था...न दुल्हन को, कि यह कमबख़्त शादी है क्या शै! खिलखिलाहटों, भिलभिलाहटों के बीच एक नामालूम-सा, सुरभीला-सा, शरमीला-सा एहसास! गोरी-गारी, कोमल-कोमल! पर्दे के इस पार वर, उस पार कन्या। जैसे यह लुका-छिपी का नया खेल हो। ब्याह कराकर पिता के घर से पति के घर आई बालिका वधू। सगुणाबाई ने सारी रस्में निभाई थीं। यह सगुणाबाई की ही कोशिश थी कि जिस स्कूल को जोती से चार वर्ष पढ़ने के बाद छुड़ा दिया गया था, उसका मुँह देखना फिर से नसीब हो पाया! और यह सब हो पाया पड़ोसी गफ़्फ़ारबेग मुंशी और लिजिट साहब की कृपा से। एक मुसलमान, एक ईसाई। दोनों अक्सर देखते कि स्कूल छुड़वा देने के बावजूद बालक दीये की टिमटिमाती रोशनी में पढ़ रहा है। सगुणाबाई उनसे निहोरा करतीं कि वे गोविन्द को समझाएँ कि बालक की पढ़ाई न छुड़वाए।

दोनों ने गोविन्दराव को टोका, "अपने होनहार बेटे का भविष्य क्यों नष्ट कर रहे हो, पढ़ाई छुड़वाकर...?" इस तरह जोती फिर से स्कूल भेजे गए।

वह सन् 1841 था। इस बार स्कॉटिश चर्च स्कूल। माध्यम अंग्रेज़ी। एक बन्द दुनिया खुलने लगी जैसे कली चटखती है। स्कूली मित्रों में हिन्दू बच्चों के साथ मुस्लिम और ईसाई बच्चे भी थे। बातचीत के दौरान आपसी आचार-व्यवहार, धर्म, रिश्ते, परम्पराओं पर भी बातें होतीं। वहाँ नंगे सवाल होते, जिनका उत्तर वह न दे पाते। मसलन, "ये क्या! तुम्हारे देवता ब्रह्मा का चार मुँह है?"

जोती चुप!

"अरे शिव के पाँच, शिव के एक बेटे के छह, एक का सिर हाथी का।"

"रावण कोई था, जिसके दस...?"

कोई कहता, "हनुमान वॉज ए मंकी। हैविंग ए लॉन्ग टेल। बट मैन एंड मंकी, मैन एंड बीयर टॉक्ड इजिली। डू यू बिलीव इन सच कॉक एंड बुल स्टोरीज?"

एक मुँहफट लड़के ने पूछा, "तुम्हारा कोई सेंस नहीं है क्या, किसी के चार तो किसी के छह, तो किसी के दस मुँह, किसी का हाथी की तरह, तो किसी का किसी और की तरह, न उम्र का ठिकाना है, न देह के अंगों का, कॉमन सेंस भी नहीं है।"

जोती को कोई जवाब न सूझता। तिलमिला जाते। लगता वह कुत्तों के बीच घिर गए हैं।

"तुम्हारे यहाँ सिम्पली नहा लेने से पाप धुल जाता है, मैल नहीं, पाप? और वो थ्रेड क्या बोलते...स्ट्रिंग क्या डालते गले में...? क्या नाम है उसका? इज दैट अ सिम्बल?"

"यज्ञोपवीत।"

"वो ऊँची जाति की निशानी है?"

"परहैप्स यस!"

"तुमने डाला है वो क्या जग्योपेत...?"

"नहीं!"

"क्यों, तुम हायर कास्ट के नहीं हो?"

जोती चुप!

"अच्छा बताओ ये जाति, आय मीन कास्ट होती क्या है?"

"आय डोंट नो।"

"बट हू डिसाइड्स इट? कौन निर्णय करता है—कौन ऊँचा है, कौन नीचा है?"

मिल्टन ने जवाब दिया, "ब्राह्मिंस, उन्होंने खुद को बड़ा और दूसरों को अपने से छोटा डिक्लेयर किया।"

"लेकिन क्यों?"

"मोहम्डंस और क्रिश्चियंस में ऐसा नहीं होता?" जोतिबा बचने के लिए दाँव तलाशते।

"नो।"

आए दिन दोस्तों के बीच ऐसी और नुक्ताचीनियाँ होती रहतीं। जोती को निरुत्तर करती रहतीं। खीज बढ़ती जाती।

जोती उदास हो जाते। गफ़्फ़ारबेग समझाते, "ऐसी-ऐसी बेसिर-पैर की कहानियाँ, सभी धर्मों में हैं। इसे इस कान से सुनो, उस कान से निकाल दो।"

दिसम्बर या जनवरी रहा होगा। स्कूल से लौट रहे थे। जोती के सामने से ही गोरे युवा आते दिखे। कन्नी काटकर निकल जाना चाहते थे, लेकिन गोरे युवकों के अन्दर तो शैतानियत खिलखिला रही थी।

"ओ इडियट! ब्लडी इंडियन डॉग!" लगे गाली बकने। एक ने लात चलाई। एक ने उनका बस्ता छीनकर फेंक दिया। बस क्या था? आग लग गई देह में। वे दो थे, युवा थे, जोती अकेले, कम उम्र और निहत्थे। आसपास कुछ न था। पर कुछ तो था। उस्ताद से सीखे गदके के दाँव-पेच और पैंतरे थे, आऊ सगुणाबाई की खिलाई-पिलाई सुगठित देह थी और ये गन्ने के खेत! लपककर एक गन्ना खींच लिया, ये मार कि वो मार!

अंग्रेज़ युवकों को उम्मीद न थी। वे इसके लिए तैयार न थे। गन्ने के खेतों

की झुरमुट में पिटते रहने की अपेक्षा रणक्षेत्र से पलायन ही एकमात्र उपाय था।

पिता ने सुना तो गम्भीर हो गए, "तुम अकेले आए ही क्यों? तुमने बैठे-बिठाए रार मोल ली।"

सगुणाबाई ने क्रॉस बनाया, "ईश्वर उन्हें सुबुद्धि दे।" ईश्वर ने गोरों को सुबुद्धि दी या नहीं, क्या पता, उन्हें सुबुद्धि ज़रूर दे दी। आज जोती की आँखों में उन्होंने जो चिनगारी देखी, वे चिहुँक गईं!

अपरिपक्व जोती सावित्री से न मिल पावें, इसका वे ख़ास ख़याल रखतीं। सावित्री को अपने साथ सुलातीं। यूँ कहें, उनके एक बग़ल एक बच्चा सोता, दूसरी बग़ल दूसरा। बीच में दीवार की तरह वे। दीवार हिलने लगती। लेकिन आज उन्हें लगा कि बीच से हट जाने का उपयुक्त समय आ गया है।

सगुणाबाई की निगरानी में एक ओर जोती पल रहा था, दूसरी ओर सावित्री। कितनी बार देखा है सावित्री और जोती को आलिंगन में एक-दूसरे को चूमते हुए। घर की खुर्राट सास की तरह खखारकर दोनों को हट जाने को मजबूर किया। अभी जोती को पकने दो। फिर उँगलियों के पोरों पर गिनती हैं, 'पिछले साल ही माहवारी हुई। आठ साल की सावित्री अब बड़ी हो गई है। जोती बड़ा हो गया है। आग और तिनका कब तक साथ रहते...कब तक? कहीं वे अपने वैधव्यजनित पति-संसर्ग की वंचना का बदला तो नहीं ले रहीं! यह ख़याल आते ही छनककर पीछे हो गईं सगुणाबाई। उस रात बीच की दीवार हट गई। सावित्री और जोती के बीच की। यह पहली मिलन की रात थी। मिलन की रात और सुहाग की सेज। एक से बढ़कर एक रसीली वार्ताएँ सुन रखी थीं दोनों ने, एक से बढ़कर एक रसीली जिज्ञासाएँ, ऐसी कि नसों में ख़ून का उन्मादी ज्वार मचलने लगता।

फूलों में ख़ुशबू की बयार कैसे रेंगने लगती है...महुए के फूलों में रस कैसे घुलने लगता है। मधुमक्खियाँ और भँवरे क्यों मँडराते हैं फूलों पर और कलियाँ कैसे चटखकर स्वागत में खिल जाती हैं, सृष्टि के कण-कण में वह मिलन का मदनोत्सव होता है, आज वही दिन था, वही रात!

कौतूहल भरती छोटी-सी चिट्ठी। कोने में हल्दी लगी हुई है। सहपाठी परांजपे के ब्याह की चिट्ठी। चिट्ठी नहीं निमंत्रण-पत्र। न्योता! बड़े आग्रह से लिखा है, 'तुम नहीं आए तो कुट्टी?' टेबल पर पड़ी छोटी-सी चिट्ठी दिपदिप कर रही है।

बेटे को सजते-सँवरते देखा तो बडील गोविन्दराव के तेवर चढ़े, "कहीं जा रहे हो?"

"बताया था न! परांजपे के विवाह की बारात में जाने का न्योता मिला है।"

"परांजपे के ब्याह में तुझे न्योता...?"

'तुझे' पर बलाघात! पर कुछ बोले नहीं। ब्राह्मणों की बारात के कुछेक अपमानित करनेवाले प्रसंग याद आए, काँटे थे जो चुभकर टूट गए थे अन्दर-ही-अन्दर, पर बेटे के उत्साह पर पानी डालना उचित नहीं समझा।

ढोल-ताशे, पिपिहरी के गहगहाते बोल। बारात चल चुकी है। लड़के उस ताल पर थिरक रहे हैं, उन्हीं लड़कों में एक जोती भी हैं। परांजपे दूल्हा बना मुकुट पहने तलवार साधे रथ पर बैठा है, बग़ल में छोटा भाई। फुलझड़ियाँ छूट रही हैं। मशाल जल गए हैं। जैसे युद्ध-क्षेत्र में कोई सेना प्रयाण कर रही हो। मन करता है परांजपे के पास जाए। तभी पता चलता है, गोला, आतिशबाज़ी दागनेवाले पाटिल का पता नहीं, गोला कौन दागे? गोलों का दगना अभी की घड़ी में शुभ है। नाचते-थिरकते लड़कों से पूछा जाता है, "गोला दाग दोगे?"

"डर लगता है।"

जोती आगे बढ़ता है, "मुझे डर नहीं लगता।" गोला लेकर आगे बढ़ता है फिर लौटकर मशाल से बारात के आगे पलीते में आग लगाकर लौट आता है। कइयों ने कान बन्द कर लिये हैं।

"धायँ!"

शान से देखता है इस बारात को। सहसा एक त्रिपुंडधारी, तिलकित पगड़धारी, जो सबको माला पहना रहा था, प्रकट हो जाता है, "तू...?"

थिरकता पग थम जाता है।

"गोविन्दराव गोन्हे का मुलगा न?"

"जी!"

अचानक जैसे बन्दूक़ से गोली दगती है, "तेरी हिम्मत कैसे हुई ब्राह्मणों की बारात में आने की?"

"निमंत्रण दिया था!"

"हुँह निमंत्रण! उसने जो किया सो किया, लेकिन तू कैसे भूल गया कि तू शूद्र है और यह ब्राह्मणों की बारात है। तेरी मति मारी गई थी। तू ब्राह्मणों के बराबर कब से हो गया?"

कोई दयावान ब्राह्मण टोकता है, "अब जाने भी दीजिए, मुलगा है, मित्र समझकर मुलगे ने अपने दोस्त को बुला लिया, सो आ गया बेचारा! दोनों ही बच्चे ठहरे। गोला भी तो इसी ने...,"

"हाँ-हाँ, बालक समझकर माफ कर दीजिए, नवरा का मित्र है।"

"कोई सूरत निकालिए महाराज!"

"ठीक है तो सबसे पीछे चला जाए वहाँ...! जहाँ रामोशी और सामान ढोनेवाले पीछे-पीछे आ रहे हैं।"

जोती उनके बग़ल में जाकर खड़ा हो गया। चरम अपमान!

यह धरती फट क्यों नहीं जाती कि वह उसमें समा जाता!

बारात में लावणी नाच की ताल पर उछाल लेती नाचती-गाती, झूमती-झामती बग़ल से हाथ-हाथ भर ऊँचे कूदती है नर्तकी। वे हाशिये पर खड़े रहे। मीरासी, कोल्टा और सिर पर बोझ लिये रामोशी लोगों का दल भी जा चुका। अब पीछे कोई नहीं है।

बारात से अलग खड़ा एक रामोशी पास आता है।

"तुम्हें बारात से निकाल दिया ब्राह्मणों ने न? तुम आए ही थे क्या सोचकर? भूल गए वे पुराने दिन जब बाभन लोग शूद्रों और अछूतों से कैसा व्यवहार करते थे? जाओ, घर जाओ बच्चे! यह माला तुम्हारे लिए नहीं, बाजे तुम्हारे लिए नहीं, मशालें, धूप, धुनी, लावणी का जलसा तुम्हारे लिए नहीं। तुम शूद्र हो! शूद्र! जलसे से बाँह पकड़कर निकाले गए।"

हारे हुए जुआरी-से लौटे आ रहे हैं। धुल रहा है अतीत! नौ महीने का था कि माँ मर गई। माँ का चेहरा याद नहीं। कैसा रहा होगा माँ का चेहरा। सगुणा आऊ की तरह। चित्र भी नहीं है कोई। हमारे चलते दूसरा ब्याह नहीं किया बडील ने।

गोविन्दराव ने पुत्र का लटका चेहरा देखा, "क्या हुआ? गए नहीं?"

पुत्र ने आपबीती कह सुनाई। अपमान की दास्तान सुनते रहे पिता और देखते रहे बेटे के स्याह हो आए चेहरे को। अपना अपमानित अतीत याद आया, "तुम्हें मना करना चाहा था! मगर तुम्हारा मन टूट जाएगा—यह सोचकर चुप रह गया", तनिक रुके फिर कहा, "उन्होंने तुम्हें मारा-पीटा नहीं, दंड नहीं दिया—यह क्या कम है बेटा! गलती तुम्हारी थी, गए क्यों?"

"लेकिन!", बेटे के होंठ फड़क रहे हैं।

"ना बेटे, ना! हम उनकी बराबरी कैसे कर सकते हैं? कहाँ वो ब्राह्मण, कहाँ हम शूद्र!"

जोती का घायल मन बार-बार छटपट-छटपट करता रहा, 'क्यों...क्यों... क्यों...?'

तभी पेड़ के पीछे छुपा कोई रामोशी टोकता है, "तुम आए ही क्यों थे ब्राह्मणों की बारात में?"

"मैं तो नहीं जाता।" खिसियाई नज़रों से ताकते हैं।

"यह पूर्वजन्म का फल है कि वे ब्राह्मण होकर जन्मे, तुम शूद्र होकर, मैं रामोशी बनकर। क्या कर लोगे?"

पूछना चाहते हैं, "यह पूर्वजन्म क्या होता है?"

"शुकर करो, तुम्हें सिर्फ हकालकर छोड़ दिया उन्होंने। सोनारों और सुथारों को तो आग से दागकर जमीन की नींव में गाड़ देते थे लोग।"

रात बीतती रही पल-छिन, पल-छिन! सियार बोलते रहे, कभी दूर, कभी पास। रात के परिन्दे उलूक और बगुले बोलते रहे कभी इस पेड़ पर, कभी उस पेड़ पर, नींद नहीं आई। पूरब में शुक्रतारा उगा, पौ फटने लगी। रात का काजल उड़ने लगा। आँखों ही आँखों में बीत गई रात।

झन्न-सा कुछ बजता। लावणी नाचती कोई नर्तकी उछाल मारती और सीधे सिर पर सवार—

मेरा छैला...

नववारी और नथ एक साथ...

असह्य कष्ट से सिर फटने लगता।

पढ़ाई भी चलती, विमर्श भी...। आऊ ने लक्षित किया कि पढ़ाई में ख़लल पड़ रहा है। सो सावित्री को कुछ महीनों के लिए मायके भेज दिया।

दोस्तों में अक्सर चर्चा होती, यूँ तो पूरा समाज ही पिछड़ा है, पर सबसे पिछड़े दो हैं—एक नारी-समाज, दूसरा अछूत। उन्हें अपने प्रति हुए अन्याय का भान भी नहीं। नारी अछूतों से भी दलित है। और इनके प्रति भयंकर भेद भी दलित भाव है। अगर नारी शिक्षित हो जाए तो पूरा परिवार शिक्षित हो जाए। सो पहले औरतों को शिक्षित करना चाहिए। ऐसा सोचनेवाले वे अकेले न थे!

बालशास्त्री जाम्भेकर, गोविन्द विट्ठल कुन्ते उर्फ़ भाऊ महाजन, दादोब पांडुरंग तर्खडकर, पुणे के श्री गोपालहरि जैसे पढ़े-लिखे ब्राह्मण-समाज के कुछ समाज-सुधारकों और चिन्तकों का आविर्भाव हुआ। प्राय: ये सभी विवेकवान ब्राह्मण थे, जो अंग्रेज़ी-शिक्षा और विवेकवान ब्राह्मणों की शह पाकर थोड़े बहुत शिक्षित हो गए थे और जाति-धर्म की संकीर्णताओं से ऊपर उठकर आधुनिक विचारों के वाहक बन रहे थे।

'मैं सबसे ज्यादा महत्त्व स्त्री या कन्या-शिक्षा को देता हूँ।' जोती ख़ुद में ही बर्राते रहते—

"शूद्र हो या अतिशूद्र, मर्द हो या औरत—जैसे लम्बी नींद में डूबे हुए हैं—उठाकर बैठा दो—फिर लुढ़क जाते हैं। पूर्वजन्म का फल!—हमारे भाग्य में यही लिखा है। भगवान ने ही कहा, ब्राह्मणों की पूजा करो, वे जैसे भी हो, तुम्हारा अगर कुछ लेते हैं तो यह तुम्हारा सौभाग्य ही है।"

पूछने पर विप्र कहते हैं, "यह सब भगवान ने लिखा और कहा है।"

"कहाँ?"

"वेद में, गीता में...।"

"भला बताओ, भगवान क्यों कहेंगे? भगवान के नाम पर ये अपनी बात को गले मढ़ रहे हैं! कपटी कहीं के!"

"भगवान ने लिखा है।"

"किस भाषा में? हम भी तो देखें?"

"मोहम्मदी और क्रिश्चियनों के भी वही भगवान हैं या अलग? अगर भगवान एक हैं तो यही बात उनके धर्म-शास्त्रों, कुरान, बाइबिल में क्यों नहीं लिखी?"

"सदियों, सहस्राब्दियों की जड़ें हैं। इस धोखे से उन्हें एक ही चीज़ उबार सकती है—शिक्षा। ताकि वे जान सकें कि उनका मरण कहाँ है और किस मरकज पर। इसीलिए उन्हें शिक्षित होने से वंचित करते हैं ये ब्राह्मण! मेरे पिता को उन्हीं की दुकान पर काम करनेवाले एक साधारण ब्राह्मण लिपिक ने समझा दिया, 'पढ़ा-लिखाकर क्या करोगे? पढ़-लिख गया तो हाथ से निकल जाएगा तुम्हारा बेटा।' मान गए पिता, छुड़ा दी पढ़ाई। ये ब्राह्मण लोग हमें क्यों जाहिल बनाए रखना चाहते हैं? सुनते हैं, नाना फड़नवीस के जमाने में राजकुमारों तक को पढ़ने न देते। सबके सो जाने पर रातों को चुपके से कुप्पी जलाकर पढ़ातीं उनकी माताएँ। क्यों? इसलिए कि हम शूद्र और अतिशूद्र पढ़-लिख गए तो उनके बोए कपट-जाल को समझ जाएँगे।"

जोती मन-ही-मन सोच रहे थे, 'इनकी पोल-पट्टी को खोलना भी जरूरी है। जरूरी है, उस नकली भ्रमजाल को तार-तार करना भी। और औरतें...? उनके तो बोलने पर ही पाबन्दी है। बोलीं कि गार्गी की तरह मुंड कटकर नीचे गिर जाएगा—शाप। जिस औरत की कोख के सिवा वह कहीं भी अंकुरित नहीं हो सकता, जहाँ से उसका जीवन सम्भव है, उसी को गुलाम बनाता है, उसे ही जनम-जनम की दासी घोषित करता है। अव्वल तो औरत, दूजे अशिक्षित...। सो सबसे पहले इनका पढ़ा-लिखा होना जरूरी है, पर...'

एक चक्र-सी चक्कर काटती घूम रही है यह चुनौती।

पिता और मित्र उनकी सनक पर उन्हें समझाते, "क्या पागलपन है? अरे! ईश्वर की कृपा और भाग्य से पढ़-लिख गए। अंग्रेज़ी पढ़े-लिखे कम ही लड़के हैं ब्राह्मणों में। यही मौका है। आसानी से अच्छी सरकारी नौकरी मिल जाएगी। प्रमोशन पाते-पाते बड़े अफसर बन जाओगे। राज करोगे, राज!" उन्हें लगा, रूप बदलकर वही लिपिक फिर से बहकाने आ गया है—'बचो!'

गंज पेठ से दूर सतारा ज़िला।

तितली की तरह उड़ती रहती सावित्री। कब यहाँ...कब कहाँ! खंडोबा का घर गुलज़ार बना रहता। कभी-कभी माँ हैरान, बाप परेशान। कहते, 'मुलगी नहीं मुलगा है। अभी उम्र ही क्या है पर अभी से अन्याय के खिलाफ लड़ पड़ती।' सिन्दूरी आम के पेड़ की ओर चुपके-चुपके बढ़ी जा रही है—गुलाबी सावित्री...गुलाबी आम। उसका प्रिय आम अब पकने लगा है। कल कात्या और उसने मिलकर एक पके आम को तोड़ने की योजना बनाई है। पर यह क्या! कात्या अभी तक आया नहीं और पेड़ के गिर्द कात्या की माँ सहित एक ख़ासी भीड़ जमा है। सभी उत्तेजित-से गर्दन उठाए ऊपर पेड़ की ओर ही ताक रहे हैं।

क़रीब आई। कात्या को देखा। चेहरा भय से आर्त! कात्या की माँ से पूछा। बोली, "अरे, वो देख न, एक आम तोड़ने गया था वो, और वहाँ डाल को लपेटकर साँप बैठा है। तुम्हीं ने बहकाया होगा!"

इनका मतलब हुआ, आम के तीन प्रत्याशी—वह, कात्या और साँप। अर-र-र डर!

"अर्र-र-र डर!"

"अर्र-र-र...करने से काम चलेगा! अरे, कुछ करो कोई!"

पर डर के मारे सबके प्राण सूख रहे थे। कुछ भी करना जोखिम भरा था।

सावित्री धीमे-धीमे जाती है पेड़ तक। रोकते-रोकते चढ़ जाती है। कात्या को डाँटते-डाँटते हाथ से साँप को झटक दिया। लोग इधर-उधर भागते हैं। एक-दूसरे पर गिरते-पड़ते भाग खड़े होते हैं।

तीनों का गिरना प्राय: आगे-पीछे होता है—साँप, सावित्री और कात्या। बाक़ी लोग एक-दूसरे पर गिरते-पड़ते भाग चलते हैं।

शोर सुनकर भागी-भागी आती है आई। अपनी फूल-सी बच्ची को उठाकर लगती हैं चूमने। कोई उसके साहस की प्रशंसा कर रहा था, कोई उसके दुस्साहस की निन्दा। पुजारी जी ने तो बाक़ायदा एक अनुष्ठान ही बता दिया,

"शिव जी थे। यह कर लेने पर किसी भी विघ्न से दूर रहोगे वरना सपने में शिव जी आते रहेंगे।"

गाँव-भर की लाड़ली बन गई सावित्री।

कुछ दिन के बाद माँ से दो पैसे लेकर दुकान से जलेबी, पकौड़े लेकर आ रही थी। पाँव कैंची की तरह उछाल भरते नाच रहे थे, मुँह से कभी जलेबी टूँगती, कभी कचौड़ी...हठात रुक जाना पड़ा।

सामने फ़ादर थे गिरजाघर के, "ऐसा नहीं करते बेटी। गिर जाओगी।" उन्होंने कहा और प्यार से सिर सहलाते हुए अपने लम्बे सफ़ेद कोट से एक पैकेट बिस्कुट निकालकर देते हुए बोले, "घर जाकर खाना और हाँ, ये रही तुम्हारे लिए एक पुस्तक—पढ़ना।"

सावित्री ने वे दोनों चीज़ें भी रख लीं।

दूर से लोग देख रहे थे, "फेंक दे सावित्री, फेंक दे, ईसाई है।"

सावित्री एक पल को रुकी फिर बोली, "तो क्या हुआ?" कहकर बिना फेंके आगे बढ़ गई। पुस्तिका को उलट-पलटकर देखा। कुछ समझ में न आया। सन्दूक़ में रख ली।

चौकड़ियाँ भरते वे दिन, वे रातें...और एक दिन बाबा ने माँ से कहा, "बड़ी हो गई बेटी। इसके ब्याह के लिए भी सोचो।"

और अब ससुराल—

गोवंडे के साथ जोती पहुँचते हैं अहमदनगर—मिस फेरर के मिशनरी स्कूल पर। चार-एक कमरे, किसी में बीस, किसी में तीस, छोटे-छोटे टेबल, छोटे-छोटे डेस्क। छोटी-छोटी घघरियाँ, जिन्हें स्कर्ट कहते हैं, उजली-उजली क़मीज़ें, जूते-मोज़े, फूलों से करीने से सजे हुए। तबीयत खिल गई। रख-रखाव, अनुशासन और पढ़ाई का तौर-तरीक़ा देखकर कहीं गहरे आतंकित भी हुए। क्या कभी अपनी बच्चियों के लिए ऐसा कोई स्कूल बना पाएँगे?

मिस फेरर सुन्दर लग रही थीं, शायद गोरी और जवान होने के चलते भी। दोनों आगन्तुकों का स्वागत करते हुए उनका उद्‌देश्य जानकर प्रसन्न हो उठीं, "गॉड ने तुम्हें इन्सिस्ट किया, उन्हें धन्यवाद दो, वरना इंडिया में तो लड़कियों के एजुकेशन के बारे में कोई सोचता भी नहीं। बट, सुना है, संस्क्रिट स्कूल्स तो हैं?"

"वहाँ मॉडर्न टीचिंग कहाँ, वही पुराना अमरकोश और कौमुदी वगैरह।" गोवंडे ने कहा।

"आप लोगों ने उस कठिन लगनेवाली शिक्षा को कितना आसान और ख़ुशनुमा बनाकर पूरी जीवन पद्धति में फैला दिया है। काश! हमारे घर की औरतों को आप अपने-जैसा बना देतीं।"

"आप लोग हमारे पास भेजकर तो देखो।" मिस फेरर के स्वर में आश्वस्तिप्रद आमंत्रण था।

लौटते हुए दोनों मित्र आपस में बातें कर रहे थे।

"हालाँकि अभी मिस फेरर का स्कूल आकाश-कुसुम ही है हमारे लिए, पर चलो स्वर्ग न सही स्वर्ग की प्रतीति भी आनन्द देती है। हाँ, थोड़ी देर के लिए कन्या-पाठशाला खुल भी गई तो मिस फेरर को कहाँ से लेकर आओगे?"

जोती का घोड़ा उछला, घोड़ा नहीं, स्वयं जोती बोला, "मिल गई।"

"कौन?"

"वही मिस फेरर...!"

"कहाँ?"

"अपने-अपने घरों से अपनी-अपनी पत्नियों को..."

"...पर वे तो निरक्षर हैं।"

"पढ़ा-लिखाकर तैयार करो!"

"क, ख, ग भी नहीं जानतीं।"

"तो क-ख-ग से शुरू करेंगी।"

सो घर आकर अपनी भावी मिस फेरर से पूछा जोती ने, "कल से पढ़ना है?"

"ऐं!"

"ऐं क्या, सचमुच।"

"धत्! मुझे लाज लगती है।"

"वैसे-वैसे कामों में लाज नहीं लगती?"

"शरम नहीं लगती ऐसी बात करते हुए?"

"तुम्हें मिस फेरर बनना है।" और जोतिबा ने पूरे उत्साह से अहमदनगर के मिशनरी स्कूल और मिस फेरर की दास्तान सुना डाली—"जानती हो,..."

अगले दिन से सावित्री को बुलाया तो उसने कहा, "आऊ सगुणाबाई को संग ले लूँ?"

"ले लो।"

और इस तरह सावित्री और सगुणाबाई ने पढ़ाई शुरू की। खेत की मेड़ बन गई स्लेट, पौधे की डंठल बन गई क़लम—

"बोलो, क...।"

"क...।"

"ये गोल बनाओ, हाँ, फिर लकीर, हाँ, अब टेढ़ा घुमा दो गणपति के सूँड़ की तरह।"

कुछ दिनों बाद सावित्री ने कहा, "मैं तैयार हूँ, मिस फेरर बनने के लिए।"

"अरे!" चकित रह गए जोती, पूछा, "पढ़ोगी?"

उत्तर मिला, "हाँ, पढ़ूँगी और पढ़ जाने के बाद पढ़ाऊँगी भी।"

"लाज नहीं लगेगी?"

प्रेम-विह्वल पलटकर आलिंगन में कस लिया बालिका वधू के विकचते बदन को और चूमते चले गए।

"बस-बस! आऊ।" आऊ का भय दिखाकर परे हटाया सावित्री ने जोती को।

"खैर, यह तो बताओ, तुम्हारा 'असम्भव' आखिर 'सम्भव' बना कैसे?

"बताऊँ?"

"हाँ"

"कल यूँ ही नींद से चौंककर जग गई, जैसे किसी ने जगा दिया, जगा ही नहीं दिया, जगाकर बचपन के ब्याहवाले दिन के सामने लाकर खड़ा कर दिया।

"उदयपुर की यादें हैं। अपने माली-समाज वाले ब्याह की बात, आग के चार फेरे पहले दूल्हा लेता है, फिर अगले चार फेरे दुल्हन।"

"कुल आठ फेरे—पर इसमें याद रखने लायक क्या बात है।"

"पहले दुल्हन को गोद में उठाकर दूल्हा चार फेरा लेता है आग के, फिर दूल्हे को उठाकर, दुल्हन लेती है चार फेरे आग के...।"

"अच्छा तो तुम्हें याद है। मैं तो भूल ही गया था।"

"...पर यहाँ तुम्हारा वजन उठाकर मैं लूँगी फेरे...!"

"अरे!'"

"आग जो जल रही है समाज में, दूसरी आग जो तुम्हारे अन्दर जल रही है, हम दोनों के अन्दर...।"

"अरे-अरे! तू कविता-वविता भी करने लगी है क्या, मुझसे छुप-छुपाकर? इतनी महान बात! ठहर-ठहर, चोरनी कहीं की...!" और उसे आह्लाद में उठाकर लगे नाचने।

अचानक एक घुमेर देकर छोड़ दिया। सावित्री को किसी अजाने-से अवरोध का भान हुआ, "गम्भीर हो गए?"

"हाँ।"

"बताओगे भी!"

"शिक्षिका बनने का संकल्प ले ही लिया है तो ट्रेनिंग भी ले ही लो।" सावित्री मुँह ताकने लगी पति का।

"इसी पुणे में मिसेज मिचेल कोई ट्रेनिंग सेंटर चलाती हैं—नॉर्मल स्कूल नाम है संस्था का। दूसरा है मिस फेरर का अहमदनगर का। मैं चाहता हूँ, तुम दोनों से ट्रेनिंग ले लो।"

"पक्का सेठ!" जब से जोती ने धनोपार्जन के लिए ठेकेदारी पर काम लेना शुरू किया, वह उन्हें 'सेठ' कहकर बुलाने लगी थी।

"बाबा जाने देंगे?"

"हाँ, वही तो..."

"आऊ से पूछते हैं।"

बाबा ने ज़्यादा कुछ नहीं सोचा, बच्चे सगुणाबाई के हवाले कर बाक़ी कुछ सोचना बन्द कर दिया था उन्होंने।

जाने का क्या बहाना बनाया, गोविन्दराव को कैसे पटाया, कैसे-कैसे अवरोधों को पार किया—यह आऊ जानें और ट्रेनिंग करवाकर सावित्री को फिर से जोती को सौंप दिया। प्रशिक्षित पत्नी को सीने से लगाते हुए जोती ने सराहा, "मुझे तुम पर गर्व है।"

"...और मुझे अपनी आऊ पर। माँ भी होती तो क्या इतने यत्न से पाल-सँभाल लेती अपने बच्चों को?

"सुनो, एक कविता मैंने अपनी आऊ पर लिखी है—

हमारी आऊ
कड़ी मेहनती
स्नेहिल और दयालु
सामने उथला समन्दर
सामने आकाश बौना।"

"वाह! इसे जल्दी से पूरा करो।" जोती ने सावित्री की सराहना करते हुए चूम लिया।

और वह प्रतीक्षित शुभ घड़ी भी आ गई।

बॉम्बे गार्डियन के 28 नवम्बर, 1851 के अंक में एक पत्र में प्रकाशित सूचना है—'पुणे, 1848 ई. के अगस्त के किसी बुधवार को व्ही. डे. के मकान में कन्या-पाठशाला शुरू हो रही है।'

कट्टरपन्थी ब्राह्मणों के कलेजे पर साँप लोटने लगा, "देवा रे देवा! क्या हो रहा है यह सब, अब शूद्र और अस्पृश्य मुलगियाँ भी पढ़ेंगी।"

"स्त्रियों को पढ़ाना पाप है—शास्त्रविरुद्ध! यह जानते हुए भी इस व्ही. डे. ने अपने घर में कन्या पाठशाला खोलने की इजाजत दे दी।" एक ने कहा।

"वह भी अछूत और शूद्र कन्याओं को?" दूसरे ने पूरा किया।

"पढ़ने को तो ब्राह्मण कन्याएँ भी पढ़ेंगी, अगर आप उन्हें आने दें।" किसी पाटिल ने ठहाका कसा।

"पढ़-लिख लेने से वे कुमार्ग पर चलने लगेंगी।" पहले ने दोबारा सिर उठाया। ऐसा ही चलता रहा वाद-विवाद।

व्ही. डे. के घर के ओसारे में आ-आकर बैठने लगीं मुलगियाँ, किसी को माँ उँगली पकड़कर लिवा आ रही थी, किसी को बडील या भाई-बहन। सहमी-सकुचाई-सकपकाई हुई मुलगियाँ, 9-10 साल की मुलगियाँ!

"अरे-अरे, वो भी...!" हकलाने लगे एक सज्जन जैसे कोई अजूबा देख लिया हो।

"कौन...?" दूसरे ने पूछा।

"अरे वो अपनी नौकरानी कलिया...अब मेरे घर का काम कौन देखेगा?"

"अभी यह आपकी समस्या है, कल को सबकी समस्या बननेवाली है।"

"घर का नाश, परिवार का नाश, धर्म का नाश, सुख-शान्ति का नाश...।"

"इसके पहले कि बात आगे बढ़े हमे कोई यत्न करना होगा।"

"पढ़ा कौन रहा है?"

"जोत्या की पत्नी और एक ब्राह्मण थट्टे?"

"वो...! उसने कब...?"

"जब हम सो रहे थे।"

चौथे दिन, सावित्री पढ़ाने जा ही रही थी कि पीठ पर छपाक-सा कुछ बजा, बदबूदार, चिपचिपा, मन भिन्ना गया। 'गोबर...?' देखा तो कुछ लोग दूर थे, कुछ पास।

बोली नहीं कुछ। पास के गड़हे के जल से धोया फिर आगे बढ़ गई।

दूसरे दिन फिर वही वारदात! इस बार बदबू थी! मैला!

लौट आई घर। सगुणाबाई ने साड़ी बदल दी और एक अन्य साड़ी भी रख दी थैले में, हैरान थी कि ख़ुराफाती उससे पहले खड़े थे।

अब तो थूकने भी लगे।

सावित्रीबाई ने खिसियाकर ताका, कुछ कहा नहीं। पाठशाला पहुँचकर गन्दी साड़ी बदलकर दूसरी साड़ी पहनकर पढ़ाया और लौट आई। सगुणाबाई ने कहा, "ईश्वर परीक्षा ले रहा है। रास्ता बदलकर देखो। मैं चलूँ तुम्हारे साथ?"

"नहीं।"

रास्ते बदलकर जाने लगी। हाय देवा! सूँघते-सूँघते गुंडे वहाँ भी पहुँच गए। तू डाल-डाल, मैं पात-पात। सावित्री के संकल्प को फिर भी न डिगा सके तो पहुँचे गोविन्दराव की दुकान पर। उन्होंने बुधवार पेठ की अपनी

दुकान खोली ही थी कि विप्रों के दल को देखकर चौंक पड़े, प्रणाम करते हुए पूछा, "कहिए महाराज, क्या सेवा करूँ?"

"सेवा? तुम कितने विनम्र और धर्मपरायण हो गोविन्द! तुम्हारा कसूर नहीं है। तुम तो दिन-भर दुकान में ही बैठे रहते हो। तुम्हें क्या पता होगा कि तुम्हारे अपने घर से क्या अनर्थ हो रहा है?"

"कैसा अनर्थ महाराज?"

"ऐसे भोले नहीं बनते माल्याकार! क्या तुम्हें सचमुच पता नहीं कि तुम्हारी पुत्रवधू अछूतों को पढ़ाने के लिए पाठशाला चला रही है?"

दूसरे ने जोड़ा, "कितना ऊँचा है तुम्हारा खानदान, कितनी ऊँची नाक है, हम सभी इज्जत करते हैं, वहीं तुम्हारी अपनी ही बहू तुम्हारी नाक कटाने पर तुली हुई है।"

पहले पहाड़ लगता, पर पति-पत्नी ने धीरज नहीं खोया जिसका फल यह हुआ कि पहाड़ों से रास्ते खुलने लगे। सहृदय विवेकवान लोगों ने आगे आना शुरू किया। मोरो विट्ठल वालेवेकर और देव राव ओसर ने पत्राचार का दायित्व सँभाला। मेजर कैंडी पुस्तकों की आपूर्ति करने लगे। और भी कितना कुछ। पहले लगा नारी-शिक्षा का काम कठिन चुनौती है। वह हल हो गई तो अब दलित या अस्पृश्यों की शिक्षा तो उससे भी बड़ी चुनौती है। पहले से क़ब्ज़ा जमाए लोग रास्ता देने को क़तई तैयार न थे। जोती एक ओर लहूजी मांग की सेना को तैयार करते तो दूसरी ओर अछूतों के मन में आशा विश्वास का बीज बोते—पढ़ना-लिखना क्यों ज़रूरी है। उन्हें यक़ीन ही नहीं होता कि इससे वे कभी ब्राह्मणों के बराबर की पाँत में बैठ पाएँगे। लाख पढ़-लिख जाएँ, रहेंगे तो महार-मांग ही। अछूतों के लिए विद्यालय का विरोध कन्या विद्यालय से भी बड़े स्तर पर होने लगा।

इतनी भयंकर भर्त्सनाओं और प्रहारों पर भी अगर जोती-सावित्री का मनोबल डिगा नहीं तो इसकी वजह थी, उनका अन्दर से प्रौढ़ होना और परस्पर दृढ़ विश्वास कि वे जो कर रहे हैं वाक़ई महान कार्य है।

और इस विश्वास के पुख़्ता आधार बने उस युग के महान चिन्तक थॉमस पेन जिनका ज़िक्र करते हुए एक दिन, रात में जोती ने सावित्री से कहा, "हमें थोड़ा तार्किक होना पड़ेगा...थॉमस पेन की तरह।"

"कई बार तुमने इनका नाम लिया है। क्या हैं ये...?" सावित्री ने सवाल किया।

जोती ने बताया, "उनकी दो पुस्तकें पादरी साहब के सौजन्य से हाथ लगीं—'राइट्स ऑफ मैन' और 'द एज ऑफ रीजन'। मैं और गोवंडे इनका पारायण किया करते थे।"

"मगर मैं इन्हें कैसे पढ़ूँगी? मुझे तो अंग्रेजी...तुम मुझे बस मराठी सिखाकर बैठ गए!" सावित्री ने मुँह फुला लिया।

प्यार से समझाते हुए जोती ने कहा, "पगली कहीं की...तुम्हारे दिन-रात के चौबीस घंटे में एक भी पल बता दो जब तुम खाली रहती हो। अच्छा होता कि हम पति-पत्नी ने एक साथ ही अंग्रेजी स्कूल में दाखिला लिया होता।"

"उससे भी अच्छा होता कि अपने पेन साहब को पकड़ लाते...।" पिघल गया मानिनी का मान। जोती कुछ कहते इससे पहले किसी की आवाज़ ने दम्पती का ध्यान भंग किया—

"मैं आ सकती हूँ...?" उन्हें चौंकाते हुए छिपकली की तरह आकर बैठ गई थी फ़ातिमा।

"तू...! मैं तो डर ही गई थी एकबारगी।"

"मैं तुम्हारी परछाईं हूँ, मुझसे भागकर कहाँ जाओगी? तू 30 जनवरी को पैदा हुई और मैं पीछे-पीछे 31 जनवरी को आ धमकी।" फ़ातिमा ने कहा।

अमूमन वह एक गम्भीर लड़की थी पर, सावित्री के रूप में एक सहेली के मिल जाने से उसका मिज़ाज खिलने लगा था।

"हाँ, तो मैं क्या कह रहा था", जोती को किसी की दख़लअन्दाज़ी पसन्द नहीं, फिर से जोड़ा, "थामस पेन कहते हैं, 'आय बिलीव इन द इक्वालिटी ऑफ मेन (मैं मनुष्यों की बराबरी में यकीन रखता हूँ) मैन इज ऑल वन डिग्री (सभी मनुष्य एक जैसे होते हैं) ऑल मैन आर बोर्न इक्वल एंड विद इक्वल राइट्स'

(सभी मनुष्य बराबर पैदा होते हैं और बराबर प्राकृतिक अधिकारों के साथ!) यह गलत है कि भगवान ने धनी और गरीब बनाए। उन्होंने सिर्फ नर और मादा बनाए। प्रत्येक बच्चा जो संसार में पैदा हुआ, उसे ईश्वर ने बनाया।"

"1897 यानी आज से आठ साल पहले पेन साहब का एक लेख छपा, जिसमें धर्म की दयालुता, सचाई को स्वीकारते हुए ईश्वर और व्यक्ति के बीच बिचौलिये यानी पादरी, पुजारी, मुल्ला-मौलवी, पंडित-वंडित की उपस्थिति का निषेध किया गया था।"

"सही है।" फ़ातिमा ने समर्थन किया।

जोती अपनी रौ में बहे जा रहे थे तभी सावित्री ने प्यासी चिड़िया की तरह चंचु (चोंच) खोले, "कितने अच्छे विचार हैं।"

आगे जोती ने पेन साहब के विचारों की मुख्य बातें बताईं, "पेन ने कहा, इनसान और भगवान के बीच किसी भी बिचौलिये की जरूरत नहीं है। इसलिए मैं यहूदी, रोमन, यूनानी, तुर्क, प्रोटेस्टेंट या किसी धार्मिक शासन, अनुशासन को नहीं मानता। मेरा मन ही मेरा चर्च है। 'द एज ऑफ रीजन' में पेन ने लिखा, 'यदि जगत-पिता एक है तो ईश्वर द्वारा व्यक्त किया गया विचार का आशय निश्चय ही एक होना चाहिए, पर अलग-अलग धर्मों के पवित्र ग्रंथों की भाषा और विचार-प्रणाली में काफी अन्तर दिखाई देता है। इसलिए इन ग्रंथों को अनगिनत श्रद्धालु और सद्भावी लोग भले ही शताब्दियों से पवित्र और पूज्य मानते आए हैं, उन्हें ईश्वर-रचित नहीं समझा जा सकता।'

"ईश्वर एक है, वह न्यायी तथा समदर्शी है तो वह एक ही होना चाहिए और हर काल, हर देश के लोगों को आसानी से समझ में आ जाना चाहिए। सौभाग्य से ऐसा एक ग्रंथ पुराने जमाने से आज तक हमें उपलब्ध है, वह क्या है? ग्रंथ है ईश्वर द्वारा रचित 'सृष्टि'। इसमें कोई कृत्रिमता या बनावट नहीं है और इससे कोई किसी को वंचित नहीं कर सकता है। यही उनकी बाइबिल, कुरान और गीता है। सृष्टि के सभी नियमों का जनक ईश्वर है। ईश्वर के रूप, गुण और शक्ति का पूर्ण ज्ञान मनुष्य कभी प्राप्त नहीं कर सकता। लेकिन, आत्म-कल्याण के लिए आवश्यक ज्ञान वह सृष्टि विषयक चिन्तन से प्राप्त कर सकता है। प्रत्येक मनुष्य की नैतिकता का उद्गम-स्थान

तो उसकी विवेक-बुद्धि ही है। इसलिए जो सचमुच ही विशुद्ध धर्म साधना करना चाहते हैं, उन्हें किसी सम्प्रदाय या पन्थ की उपासना-पद्धति को अपनाने की कतई ज़रूरत नहीं है।"

"कितनी सरल और सच्ची बात है, आदमी और आदमी के बीच फर्क नहीं है।" सावित्री मन-प्राण से सुन रही थी, पूछा, "देश, वंश, पन्थ, स्वर, लिंग किसी भी स्तर पर...?"

"किसी भी स्तर पर नहीं। इसीलिए सभी के साथ समानता का बर्ताव करना चाहिए, पेन ने 'न्याय तथा मानवता' शीर्षक लेख में 'गुलामी प्रथा' का विश्लेषण करते हुए अमेरिकी भाइयों से पूछा कि जब हम..." तनिक रुककर बताया, "'हम' यानी श्वेत, गोरे...।"

"हाँ...।" सावित्री ने हँकारी भरी।

"कहा कि जब हम एक बहुत बड़े जनसमूह को अपने देश में गुलामी का जीवन जीने को बाध्य कर रहे हैं, तब अंग्रेजों को भारत के बारे में दोष देने का हमें क्या अधिकार है?"

"बहुत ही युक्तिसंगत बात!"

कुछ दिनों बाद जोतिबा ने पेन साहब के नारी विषयक विचारों को बताया, "औरत...औरत...औरत! हर देश में, हर धर्म में, शताब्दियों से औरतें स्लेव यानी दासों की तरह ट्रीट की जाती रही हैं जबकि स्त्री को भी उतना ही अधिकार है जितना पुरुषों को। ये सारी बातें उनके मानवाधिकार के विचारों की निरन्तरता में हैं।"

कभी-कभी आपसी चर्चा में जब ये बातें सावित्री के सामने आतीं तो वह हैरान रह जाती, "हमारे शिवाजी महाराज के होते हुए यह अन्याय कैसे होता रहा?"

"हैरानी की बात तो यही है कि सबने ब्राह्मणों का ही पक्ष लिया।"

"शिवाजी ने भी...?"

"शिवाजी ने सिर्फ गौ और ब्राह्मणों की सेवा की।"

"लेकिन, आप तो कहते थे कि युद्ध में शिवाजी की सहायता हर जाति के लोगों ने की थी।"

"की थी पर, शिवाजी पता नहीं ब्राह्मणों से इतने अभिभूत क्यों थे या उन्होंने कौन-सी गुलामी का पट्टा लिखवा लिया था कि राजा चाहे जो भी हो, मंत्री ब्राह्मण ही होगा।"

"मंत्री...?"

"भोली न बनो, मंत्री माने वास्तविक अधिकार ब्राह्मण के हाथों में...। सत्ता के ऐसे केन्द्रीकरण ने उन्हें सर्वशक्तिमान और निरंकुश बना दिया।"

"इतने पराक्रमी...शिवाजी महाराज ने ऐसा क्यों किया?"

"उनके अन्दर क्षत्रिय बनने की लालसा थी, जिसे बाएँ पाँव की कानी उँगली से राजतिलक लगवाकर गागाभट्ट ने पूरा किया था।"

"ऐसा क्यों किया था स्वामी, क्या उनके अन्दर कूवत नहीं थी, क्षत्रिय बनने की।"

"ऊँह! और गहरे जाओगी तो समझ में आएगा। यह जातिगत, वर्णगत श्रेष्ठता खुद को औरों से श्रेष्ठ दिखाने का ऐसा लोभ है कि ले जाता है खींचकर इस दलदल में..."

"हम शूद्र ही भले। जाति के मकड़जाल से उठो, अपने-अपने आत्मसम्मान को जगाओ। मेरा मन तो कहता है, चीख-चीखकर पूछूँ, 'तुम्हारा मन नहीं होता, धरती पुत्रों सम्मान से जीने का...तुम्हारे अधिकारों का हिसाब ब्राह्मण करेंगे तो मनुष्य बनकर तुम जन्मे ही क्यों...'?"

पति-पत्नी के बीच चल रही चर्चा के बीच पिता आ गए और पूछ बैठे, "क्या बात है...कहाँ की तैयारी है?"

सावित्री ने आँचल सिर पर डाल लिया। जवाब पहले से हाज़िर था, "पढ़ाने!"

"तो अब मेरे बेटे-बहू गरीब मुलगियों को पढ़ाएँगे, विद्यादान...तुम्हें शर्म नहीं आई शास्त्र विमुख आचरण करने में?"

"किस शास्त्र के विमुख बाबा?" इस बार जोती सामने आए।

"मैं अपने घर-परिवार में पापाचार करने की इजाजत नहीं दे सकता।"

"विद्यादान तो पुण्य का काम है बाबा!" सावित्री भी उठकर खड़ी हो गई।

"आऊ जानती हैं?"

"जी..."

"मतलब सिर्फ मैं नहीं जानता।" तमतमा उठे गोविन्दराव, "सारा गाँव जानता है, बाजार जानता है! तो कान खोलकर सुन लो, मेरे घर में यह सब नहीं चलेगा, या तो वह चलेगा या यह!" स्वर कटुता की सीमा पार कर रहा था।

जोती ने सावित्री से शान्त स्वर में कहा, "चलो सावित्री, बच्चों को पढ़ाना तो हम छोड़ नहीं सकते सो इस घर को छोड़ना होगा। अपना सामान बाँधो, सावित्री!"

आगे-आगे जोती, पीछे-पीछे सावित्री निकल पड़े दरवाज़े से। पिता के हाथों के तोते उड़ गए। पिता अवाक्।

"यह क्या? बहू को कहाँ लिवा जा रहे हो?" गोविन्दराव चौंक गए।

दोनों ने पाँव छुए और निकल पड़े।

कुछ ज़्यादा ही खिंच गई थीं बातें। यह गोविन्दराव भी समझ रहे थे। सावित्री भी बाहर आई तो यहाँ-वहाँ खड़े थे लोग। कुछ आगे उस्मान शेख़ का घर पड़ता था।

"मेरा दर खुला हुआ है। जब तक हम हैं तुम लोगों को घबराने की जरूरत नहीं है।" पहली मंजिल की सीढ़ियों पर फ़ातिमा खड़ी थी। क़दम तनिक ठिठके मगर, फ़ातिमा की बाँहें खुली हुई थीं..."हम मुसलमान हैं इसलिए झिझक रहे हो तो बात अलग है।"

"ऐसा मत कहो।"

सगुणाबाई घर आईं तो सूना घर भाँयँ-भाँयँ कर रहा था। न जोती, न सावित्री। गोविन्दराव से पूछा तो अपराधी की तरह खड़े हो गए। सगुणाबाई बाहर गईं और सारे मालूमात हासिल कर लौट आईं।

"मेरे बेटे और पतोहू न चोरी करते हैं, न चकारी फिर..." बहुत धीमे-धीमे बोलती हैं सगुणाबाई, "समाज में घृणा फैलानेवालों ने तुम्हारे कान भर दिये और तुमने फूल-से सुकुमार बच्चों को घर से निकाल दिया। उनसे क्या परेशानी है! तुम कैसे माली हो? मैं पूछ रही हूँ, लोगों को पढ़ा ही रहे थे न। पढ़ाना पाप है...पढ़ने से किसी को रोकना...? आई थी तो साल-भर का भी नहीं था जोती। तब से मैंने पाला है, माँ की तरह। जीते-जी अलग होने नहीं दूँगी जोती को। लेकिन बच्चे तुम्हारे...मेरा क्या अधिकार बनता है उन पर?"

गोविन्दराव समझ गए। जोती और सावित्री जिस राह पर निकल चुके हैं। वहाँ से उन्हें वापस ले आना सम्भव नहीं है।

'पहली जनवरी, 1848 को लड़कियों के लिए पहला विद्यालय शुरू किया था और भिड़ेवाड़ा, बुधवार पेठ में अगले वर्ष उस्मान शेख़ के घर में प्रौढ़ों के लिए...जिसकी संख्या 1852 तक बढ़ती ही जा रही है और अब जाकर ब्रिटिश सरकार ने हमारे काम के महत्त्व को स्वीकार किया।'

जोती ने पीछे मुड़कर देखा, जैसे अतीत को देख रहे हों—

'हमने शून्य से यात्रा शुरू की थी। तब हमारे पास कुछ भी नहीं था सिवाय अँधेरे के' जिसमें हाथ फैलाए हम चल पड़े थे। बाबा बताते हैं, हमारी ज़मीन छीन ली थी धोखे से और ऐसा करनेवाले की हत्या करके हम निकल पड़े थे अँधेरी रात में। बँटता, बिखरता रहा परिवार। फिर आज का यह दिन 16 नवम्बर, 1852 जब तुम्हें सर्वश्रेष्ठ शिक्षक का सम्मान मिल रहा है। अपने लोगों द्वारा तिरस्कार और परायों से पुरस्कार!'

दम्पती प्रसन्न थे। पर, गोविन्दराव...। उनकी ख़ुशी और नाराज़गी...समाज की प्रसन्नता-अप्रसन्नता से संचालित होती थी। चूँकि ब्राह्मण-वर्ग नाराज़ था, सो वे नाराज़ थे। यद्यपि इस नाराज़गी की तीव्रता में ब्रिटिश सरकार के इस सम्मान की प्राप्ति से काफ़ी कमी आ गई थी।

अछूतों का स्कूल खोलने की बात से वे आज भी हड़के, "नया-नया बवाल उठाता रहता है यह लड़का। ब्राह्मण एक बार फिर से नाराज हो जाएँगे।"

इस परतदार जाति-व्यवस्था में गैर-ब्राह्मण भी अछूतों के शिक्षादान पर नाराज़ हो रहे थे। हर कोई उन्हें अछूत मानकर बिदक रहा था। दूसरी तरफ़ इतनी भयंकर ग़रीबी कि लोग पनाह माँगते फिरते। हिन्दुओं का यह हाल था लेकिन क्रिश्चैनिटी की बाँहें खुली हुई थीं। फिर, वहाँ घृणा नहीं प्रेम था।

"इसका एकल श्रेय मेरी पत्नी को...।"

"प्रेरणा तो आप थे, सेठ!"

"मैंने तो एक लीक पकड़ा दी थी। चलकर तो तुमने दिखलाया। आज दबे-छिपे ही सही, लोग तुम्हारी प्रशंसा करते हैं। रानाडे, चिपलूणकर और पंडिता रमाबाई जैसी प्रसिद्ध हस्तियाँ भी। याद हैं वे दिन, जब पढ़ाने के लिए जाते समय लोग तुम पर गोबर, कीचड़ और मैला फेंकते...। क्या-क्या मुसीबतें नहीं झेलीं तुमने...घर तक से निकाल दी गईं। पर, तुम एक अन्धविश्वास की तरह डटी रहीं।"

"आऊ कह रही थीं, भगवान परीक्षा ले रहे थे।"

फ़ातिमा ने अपनी प्यारी सहेली से कहा, "एक बात पूछूँ।"

"पूछ।"

"तुमने सिफर यानी शून्य से शुरू किया था, पहले मिसेज मिचेल के नार्मल स्कूल से, पहले खुद शिक्षा ग्रहण की।"

"यहाँ नहीं अहमदनगर से, फिर तुम्हारी देखा-देखी मैं...।"

"हाँ।"

"समाज का कोई और तो नहीं था टीचर...।"

"कुछेक सहृदय ब्राह्मण थे, कुछेक मोहम्डंस और क्रिश्चियंस...।"

"ब्राह्मणों ने गाली देकर, अपमानित कर भगा दिया। पर, काम रुका नहीं। एक गया, दूसरा आया...दूसरा गया, तीसरा आया। कुछ हमारे विद्यालयों से पढ़े मुलगे-मुलगियाँ आए...। ऐसे ही अच्छा काम करते रहें...भगवान अच्छे काम के लिए किसी-न-किसी को सहायक के रूप में भेजते रहे हैं।"

"इतना यकीन था खुद पर...?"

“मेरी प्यारी सखी, तेरे जैसों का सहारा मिल जाए तो हम बादलों में भी चकत्ते लगा दें।”

शोर उठा कि जोती क्रिश्चियन बन गए और अब अछूतों को भी क्रिश्चियन बनाने पर आमादा हैं। अगर उन्हीं दिनों चपरासी मांगेराम की घटना न घटी होती तो बवाल हो जाता। सावित्री ने जोती से अकेले में कहा, “कुछ सुन रहे हो?”

“क्या...”

“मांगेराम चपरासी ईसाई बनने जा रहा है?”

“ऐसा क्या...?”

“घोर गरीबी और बदहाली में मर जाने से तो अच्छा है कि उसे जीवनदान मिले।”

“उसे रोकना पड़ेगा। वरना लोगों में गलत सन्देश जाएगा। मांगेराम को बुलाकर बीस-एक रुपये और एकाध पसेरी जोआरी देकर रोको।”

“कई दिनों से भूखा था वह। विवेक से काम लिया। इस या उस धर्म को छोड़ना या अपनाना समस्या का समाधान नहीं है।”

इस तरह टल गया एक तूफ़ान, नहीं तो लोग उनका जीना हराम कर देते।

“कितने मांगेराम को रोक पाओगे सेठ?” सावित्री ने कहा।

“हूँ...”

गया जो वही काम आ गया...।

1851 में पुणे लाइब्रेरी की स्थापना कर डाली। ख़र्च को देखते हुए 5 फ़रवरी, 1852 को पाठशाला का अनुदान प्राप्त करने के लिए राज्पाल को पत्र लिखना पड़ा। काम बढ़ रहा था। चर्चाएँ फैल रही थीं। इसी बीच 10 सितम्बर, 1853 को अछूतों के लिए एक संस्था भी बना डाली, 'द सोसायटी फ़ॉर प्रोमोटिंग द एजुकेशन ऑफ़ महार, मांग्ज, एटसेट्रा...।'

पैसों की कमी की आंशिक भरपाई के लिए स्कॉटिश मिशनरी में शिक्षक की आंशिक नौकरी भी कर ली।

नाम और यश फैल रहा था। उत्सुकता में पलकें छोटों पर उठ रही थीं। लड़कियों की शिक्षा, अछूतों की शिक्षा, घर से बाहर निकाला जाना, सारे अपमान, बहिष्कार और तिरस्कार के बावजूद जोतिबा-सावित्रीबाई के हौसलों में कमी नहीं थी। अब तक जो न देखा न सुना, न कल्पना की, उसे प्रत्यक्ष होता देख रहे थे लोग—जो सुनता, सुनता रह जाता, देखता, देखता रह जाता। उत्सुकता चरम पर थी। पुराने ख़यालों के लोगों को छोड़कर सभी साथ थे—विवेकवान ब्राह्मण, शीर्षस्थ अंग्रेज़ अफ़सर और कर्मचारी तथा शिक्षित तबका...। आदमी के अन्दर एक विवेक होता है जो आदमी को आदमी बनाए रखता है।

उधर, माथे की शिकन बढ़ रही थी। भला मुलगियाँ पढ़ेंगी-लिखेंगी? वह भी अछूतों की। अछूत भी पढ़ेंगे? अरे...अरे! क्या सब बराबर हो जाएँगे, सनातनी, मोहम्मदी, ईसाई...।

क्या कहा, पति-पत्नी और कई मास्टर पढ़ा रहे हैं। बायको ने कब पढ़-लिख लिया कि मास्टराइन होकर पढ़ाने लगी। सरकारी स्कूल से भरभराकर बच्चे-बच्चियाँ जोतिबा के स्कूल में भागे आ रहे हैं। और भी कितने अजूबे...

जो कभी सुना नहीं, कभी देखा नहीं, कभी भी कल्पना नहीं की, वह अब प्रत्यक्ष देख रहे थे सब। पुरानी पीढ़ी इस बदलाव को पचा नहीं पा रही थी। लेकिन, नई पीढ़ी में अजब उत्साह था।

देशी पाठशालाओं के पर्यवेक्षक पांडुरंग तर्खडकर हों या महाविद्यालय के पर्यवेक्षक मेजर कैंडी, सभी की प्रशंसा बरस रही थी। मराठी-पत्र 'ज्ञान प्रकाश' में लिखा—'अपने शूद्र भाइयों को अज्ञान के सागर से बाहर निकालकर ज्ञानामृत का सेवन कराने के लिए जोतिबा ने कितनी कठिनाइयों का सामना किया है।'

1852 की 17 फ़रवरी को खुली परीक्षा में बच्चे-बच्चियों ने भाग लिया। शहर के लिए जैसे यह अजूबा था। और इस अजूबे को देखने के लिए पूरा शहर उमड़ पड़ा। सरकारी अधिकारियों ने जोती-सावित्री के उन स्कूलों का इंस्पेक्शन किया और सन्तुष्ट हुए। महारानी विक्टोरिया तक इनके क्रियाकलापों की ख़बर पहुँची और प्रशंसा मिली। 16 नवम्बर, 1852 को पुणे के विश्राम बागबाडे ने दो सौ रुपये की क़ीमती शॉल देकर जोती का सार्वजनिक अभिनन्दन किया गया। जोती अभिभूत, भरे गले से बोले, "मैं अपने सभी मित्रों, सहयोगियों को धन्यवाद देता हूँ। मैंने अपना कार्य अपने विवेक, बुद्धि की प्रेरणा से किया है। मेरा निवेदन है कि नारी-शिक्षा का कार्य सरकार अपने हाथों में ले...।"

सरकार ने 'दक्षिणा प्राइज कमेटी' को पचहत्तर रुपये का अनुदान भी मंज़ूर कर लिया। यही नहीं आगे चलकर पाठशालाओं के संचालन की ज़िम्मेदारी भी अपने हाथ में ले ली।

यह दक्षिणा-पद्धति शुरू से ही कतिपय सुधारवादी लोगों की आँखों की किरकिरी थी। करना-धरना कुछ नहीं, सेंत-मेंत का पैसा ले जाते कुछ अपात्र ब्राह्मण।

शिवाजी ने ब्राह्मणों को दान देने के लिए शुरू की थी यह प्रथा। जनता इधर काम करते-करते मरी जा रही थी और उधर शंकराचार्य, पेशवा आदि अपनी विलासिता में मग्न थे। बाजीराव तो गंगाबाई राजमिथीकर जैसी जवान विधवा की लिप्सा में पागल। वे हों या उनके भगवान-भगवती, सब योनि के कीड़ों में ढल गए थे। शाक्तों ने निर्वस्त्र होकर पूजा करनी शुरू कर दी, जितना अधिक पापाचार करोगे उतना ही ईश्वर तुम पर मेहरबान होगा। अपने ग़लत और बेवक़ूफ़ी-भरे अघोरीपन को उन्होंने शिव में मूर्तित किया—गले में साँप, बिच्छू, डमरू, नंग-धड़ंग, बैल, महाकाल के जटाजूट में गंगा। जो भी विकार था उसे देवी-देवताओं में स्थापित कर वैसा करने को जस्टिफाई कर दिया। सारे कदाचार ईश्वर के नाम और सबकी लूट ब्राह्मणों की, जैसे सती जैसी बर्बर प्रथा। यूँ तो मृतक की पत्नी को पति के शव के साथ जलाया जाना ही चरम अपराध था, मगर इसमें भी घृणास्पद यह है कि उस औरत के गहने लेने के लिए ब्राह्मण श्मशान में पहले ही अपनी पत्नी के साथ उपस्थित रहता। ऐसा न हुआ तो सती स्वर्ग न जा सकेगी। किस-किस को कहोगे, शिवाजी महाराज का सारा शौर्य गागाभट्ट के आगे परास्त! क्षत्रियत्व प्राप्त करना था। मिल गया क्षत्रियत्व? पूरी हो गई मन की मुराद? उन्होंने प्रथा चलाई—राजा चाहे कोई हो, मंत्री ब्राह्मण ही होगा। बनते गए ब्राह्मण पेशवा, एक-एक कर रसातल में जाती रही जाति। भोग का तो कोई अन्त नहीं, विकृतियों का कोई अन्त नहीं, पुरुषार्थ से हटकर ब्राह्मणों का रह-रहकर विद्याध्ययन भी छूटता गया।

पवित्र श्रावण मास को जब उन्हें दक्षिणा दी जाती, बहुतेरे ब्राह्मण इस योग्य भी नहीं होते कि दक्षिणा ग्रहण कर सकें। ऐसे मूढ़ ब्राह्मणों के लिए पार्वती पहाड़ी में व्यवस्था थी, उन्हें सिर्फ़ ख़ुद को ब्राह्मण सिद्ध करना होता, यानी एक शालिग्राम दिखाओ, दक्षिणा ले जाओ। हद तो यह हुई कि शालिग्रामों का भी टोटा पड़ गया। तब पेशवा के ऊँट की लेंड़ी को शालिग्राम बनाकर फूल-तुलसी से ढककर पेश करते और दक्षिणा ले जाते।

उनचास लोगों के हस्तक्षेप से बम्बई-सरकार को एक दरख़्वास्त दी गई कि इस प्रथा को बन्द कर इस निधि को शिक्षा-साहित्य के मद में ख़र्च किया जाए। दूसरे ब्राह्मणों का इस पर क्रोधित होना स्वाभाविक था। खोज की जाने लगी कि दरख़्वास्त लिखने का दुस्साहस किसने किया। फ़रमान जारी किया गया कि ऐसे लोगों ने पंचायत-समिति के सामने हाज़िर होकर अपना स्पष्टीकरण नहीं दिया तो उन्हें जाति से बाहर किया जाएगा। सुधारवादी लोगों ने डटकर जोती का नाम लिया। आग में घी पड़ गया। पंचायत-समिति पहुँचने से पहले ही उन पर हमले की योजना थी। विरोध की दरख़्वास्त देनेवाले के होश गुम। बचने के लिए और कोई उपाय नहीं। जोतिबा के सामने त्राहिमाम। जोतिबा ने महारों-मांगों के सौ लठैत आगे से, सौ लठैत पीछे, बीच में इन्हें रखकर पंचायत-समिति तक भेजा और दरख़्वास्त लिखने की ज़िम्मेवारी भी ओढ़ ली। जान बची। जोती अब तक बदलाव के एक शक्ति-केन्द्र के रूप में उभर चुके थे। उन्हें छूने का साहस किसी में न था।

सावित्रीबाई के स्कूलों का प्रयास था कि छात्र-छात्राओं का सर्वांगीण विकास हो। इस उद्‌देश्य में उन्हें कहाँ तक सफलता मिल रही थी, उसका प्रमाण है चौदह वर्षीय मातंग छात्रा मुक्ता सालवे का आत्मकथात्मक लेख जो कई जगहों पर प्रकाशित हुआ और बाद में 'बॉम्बे प्रेसीडेंसी एजुकेशन रिपोर्ट' में भी प्रकाशित हुआ था—

"ये लड्डूखाऊ ब्राह्मण कहते हैं कि वेदों पर उनका एकाधिकार है, गैर ब्राह्मणों को वेदों को पढ़ने का अधिकार नहीं है। क्या इससे साबित नहीं होता है कि हमारा कोई धर्म नहीं है क्योंकि हमें धर्मग्रंथों में झाँकने तक का कोई अधिकार नहीं है। हे भगवान! कृपा करके हमें बताएँ कि हम किस धर्म का पालन करें।"

प्रोत्साहन पाकर सावित्रीबाई का मन उमंग से भर गया। भूल गए अपमान के वे सारे दंश। शिक्षादान के प्रति समर्पित हो उठीं। उस रात उन्होंने 'अज्ञान' पर एक कविता लिखी—

एक ही दुश्मन है हम सबका
सब मिलकर खदेड़ो उसे पीटकर
सिवाय उसके कोई दुश्मन नहीं
ढूँढ़कर दिमाग से निकालो उसे
ढूँढ़ा क्या
मिला क्या
विचार कर बताओ बच्चे
हार गए क्या
मानते हो क्या
बताती हूँ मैं उस दुष्ट शत्रु के बारे में
नाम स्पष्ट है एक ही उसका
'अज्ञान'
कसके पकड़ो, पीटो उसे
अपने बीच से खदेड़ दो उसे!

जोती आकर पीछे खड़े हो गए थे। लजा गई सावित्री, "यूँ ही मन में आया तो...।" लेकिन, हर कवि की तरह एक लालसा अन्दर-ही-अन्दर प्रतिक्रिया जानने की कुलबुला रही थी, "कैसी है...?"

"अच्छी है। पर...।"

"पर...?"

"तुम्हारी कवयित्री पर मास्टराइन सवार है, छड़ी लेकर।"

सावित्री ने मुँह बिचका दिया, "मुझे अपनी शिक्षिका को ही ज़िन्दा रखना है।"

"खैर...और भी कुछ लिखती रहोगी।"

"चलो, बाखरी सेंकती हूँ।"

"नहीं, पहले कविता...।"

"कहाँ है?"

"ये क्या हैं...?"

"आऊ पर लिखी थी कभी....!"

पढ़ते हैं—

हमारी आऊ थी
मेहनती, स्नेहिल, दयालु
और उसके सामने...?
सामने उथला समन्दर
सामने आकाश बौना
हमारी आऊ
घर आई
जैसे लौटता है मयूर
साक्षात मूर्ति
जैसे विद्या की देवी
हमारे दिल में बसी।

बाबा गोविन्दराव ने खखारकर घर में प्रवेश किया, "कुछ सुना तूने जोती...।"

"क्या?"

"बहुत बुरी खबर है," तनिक रुके फिर बोले, "तुम्हारी आऊ नहीं रही... हैजे में...।" आगे बोल न सके।

कविता हाथ से गिर गई, "वह जो सिखाती रहीं...हर चीज, चली गई। ईसाई धर्मोपदेश की सेवा-भावना में दीक्षित आऊ चली गई, सदा के लिए। अब कोई यह सिखाने नहीं आएगा कि अछूतों की सेवा ही, सच्ची ईश्वर-सेवा है।" सावित्री के आँसू थमने का नाम ही नहीं ले रहे थे।

ध्यानगिरी बुआ ने इस पर कहा कि कबीर और नानकदेव भी कुछ ऐसा ही कहते रहे।

विश्वास नहीं हुआ कि क्रिश्चैनिटी के अलावा भी कोई धर्म है जिसमें ऐसी बातें कही गई हैं। तब बुआ ने नानकदेव की एक कविता सुनाई—

सूरा सो पहचानिए, जो लड़े दीन के हेत,
पुरजा-पुरजा कट मरै, कबहूँ ना छाड़े खेत।

सावित्री की समझ में नहीं आया। धर्म मात्र करुणा, प्रेम की चीज़ है, फिर लड़ाई वाली बात क्यों...?

"अरे! वे सिख धर्म के संस्थापक थे, मिलिटैंसी उनके खून में थी।" जोती ने समझाया।

माना कि आऊ के बिछोह का हादसा एक बड़ा घाव था। मगर, वक़्त बड़े-से-बड़े घाव को भर देता है, उन्हें पीछे मुड़कर देखने की मुहलत नहीं थी। कुछ दिनों बाद सावित्री ने तय किया कि समय की रफ़्तार तेज़ है, काम रुकना नहीं चाहिए। वे जैसे किसी बड़े अभियान पर थे।

पलकें आँसू तोल रही थीं और हाथ पुस्तकों की पांडुलिपियाँ...सावित्री की 'काव्य फुले' और जोती की 'तृतीय रत्न नाटिका'।

अगले किसी दिन...दिन नहीं, रात...सावित्री ने कहा, "मैं सोचती रही, क्रिश्चैनिटी और दूसरे सभी धर्मों में मानव-प्रेम है। सिर्फ हिन्दू ही अकेला धर्म है, जिसका आधार प्रेम नहीं, घृणा है।"

"मोहम्मदी में भी है।" जोती ने कहा।

"फ़ातिमा ने कहा है?"

"हम उनके धर्म और सम्प्रदाय को कितना जानते हैं?"

"हूँ...।"

"उसकी छोड़ो, क्रिश्चैनिटी में भी खुद को छोड़कर बाकी सबको पाखंडी मानते हैं।"

"आऊ तो...?"

"जिनका अन्तःकरण स्वयं निर्मल होता है उन्हें सभी कुछ अच्छा-अच्छा ही दिखता है।"

"सच, कितनी अच्छी थीं अपनी आऊ...।" सावित्री की आँखों में फिर छलक आए आँसू।

"सो गईं क्या...?"

"सो नहीं गई, सोच में पड़ गई।"

मन प्रसन्न था, 'अगर कविता की भाषा में बोलूँ तो कहना पड़ेगा कि मन-मयूर नृत्य कर रहा था। पूछो क्यों? पूछोगे नहीं...!' आज अपने स्वामी की डगर पर चलते हुए उसने सत्य का सन्धान पा लिया है। 'सभी मानव उस एक ही ईश्वर की सन्तान हैं। न कोई बड़ा, न छोटा। लोग लाख पाखंड फैलाएँ, मनुष्य के मनुष्य के प्रति सहज आकर्षण के सामने सारे झूठ झूठे पड़ जाते हैं। गणेश और शरजा! आज ब्राह्मण, ब्राह्मण नहीं; महार, महार नहीं।'

मालिन ने अपनी पुरानी कविताओं की कलियों को चुना और प्रियतम के लिए पुष्प स्तवक तैयार किये—

चम्पा
खिला चम्पा
हल्दी रंजित
बाग में खिला
अन्तस तक बस गया।

चमेली
तुम्हारे धवल-धवल फूलों को
जब-जब मैं देखती हूँ
पाँच-पाँच पंखुड़ियों की सुहानी उमंग से भरे
चमेली के फूल
मुझसे बातें करते हैं आकर
चमेली के फूल।
मानव प्राणी निसर्ग, सृष्टि की
प्रकृति की अमूल्य निधि मनुष्य की
चलो, कद्र करो!

गणेश और शरजा के लाए गुलदस्ते को तात्या ने चूमा, फिर आँखों से लगाया।

ऐसी जीवनसंगिनी पाकर किसे गर्व नहीं होगा।

सावित्री नहाकर आई तो चेहरा गुलाबी-गुलाबी हो रहा था। फ़ातिमा ने जोआरी का आटा गूँथ रखा था। सावित्री ने चूल्हे में लकड़ियाँ डालीं। तवा चढ़ाया। घर ख़ुशबू से महक रहा था। पता नहीं ख़ुशबू सिंकती हुई बाखरी की थी या उस नई सूचना की—पिता के घर से निकाले जाने के इतने दिन बाद जोतिबा को आज पहली बार चूने के ठेके का काम मिला था।

शेख़ ने मुबारक़बाद दी, "हिम्मते मर्दां मददे खुदा।"

"दो-दो बाखरियाँ खा-खाकर, दो-दो पोटली में बाँधकर, विदा लेकर काम पर निकले।"

घर एकाएक ख़ाली हो गया। कमरे में गहरा एकान्त था। मुंडेर पर कोई कौवा काँव-काँव कर रहा था। बाहर के आले पर गौरैया का जोड़ा केलि में मग्न था। दोनों सखियों ने देखा और देखकर मुस्कुरा उठीं। फ़ातिमा को चुहल सूझा, "आज तू बहुत सुन्दर दिख रही है।"

"तू न...!"

"घबरा मत! मैं नहीं पूछने जा रही कि रात को क्या हुआ...।"

"तो...?"

"मुझे सिर्फ़ यह बता दे कि कुर्ती पहन रखी है तूने या...?"

"हाँ, क्यों?" आँखों में हल्की शरारत है।

"आज से पचास साल पहले पैदा हुई होती तो शायद न पहनती।"

"धत्त! लाज नहीं लगती!"

"यह पहनती तो जुर्माना देना पड़ता।"

"हाय देवा! भला क्यों?" सावित्री की आँखों की त्यौरियाँ चढ़ गईं।

"रात को उनसे पूछ लेना। अभी तुझे भी निकलना है और मुझे भी...। मैं पढ़ने जा रही हूँ नॉर्मल स्कूल में ताकि आगे चलकर तेरे सिर का बोझ हल्का कर सकूँ, पढ़ा सकूँ।"

"सच!" सावित्री ने उठकर अंक में भर लिया, "तू सचमुच मेरी प्यारी सखी है।"

"एक बात पूछनी है जोतिबा से। तुम पूछ लो, मुझे लाज लगती है।"

"ऐसी क्या बात है?"

"बरामनों ने क्या कभी स्तन टैक्स लगाया था?"

"खोत का टैक्स तो सुनती रही, जहाँ फसल का ज्यादा हिस्सा...उन्हें देना पड़ता था और जहाँ दुल्हनें शादी के बाद सबसे पहले खोत के पास पहुँचा दी जातीं, तीन, चार या कुछ दिनों तक वे ब्राह्मण उन्हें भोगकर शुद्ध करते। लेकिन स्तन टैक्स के बारे में पता नहीं।"

"शुद्ध माने...?"

"समझ गई...।"

"मुझे भी कहाँ पता था, वो तो एक टीचर ने आज बताया तो मैं चौंक गई। भला ऐसा भी जुल्म होता है क्या...? सोचा, जोतिबा से पूछूँगी।"

"क्या होता था स्तन टैक्स?"

"जिस औरत के स्तन जितने सुडौल, उतना टैक्स देना पड़ता उस औरत को।"

"लेकिन कपड़ों के अन्दर स्तन दिखते कैसे?"

"ऊपर कपड़े पहनने की मनाही थी, तब न...!" फ़ातिमा ने बताया।

"अरे बाबा!"

"जी!"

"सेठ बताते थे कि पहले कपड़े पहनने का चलन नहीं था, मुझे तो सोचकर ही लाज लगती है।"

"अरे, ये इधर की बात है जब पूरे कपड़े पहनने का चलन आ गया था।"

"यह तो जुल्म था।"

"था ही। टैक्स का नाम था 'मुलक्करम'। मुझे यकीन नहीं आया, सो लिखकर ले आई हूँ। नंगेली, एझवा जाति की औरत थी। गरीब थी। टैक्स देने की उसकी औकात नहीं थी। इधर टैक्स वसूलने वाले जिद पर थे। सो स्तन ही काटकर दे दिया, लो...!"

"क्या कहती हो?"

"हाँ, स्तन काटते ही खून का फव्वारा निकला, मर गई। नंगेली के पति चिरकुंडन ने पत्नी की चिता में कूदकर जान दे दी। टीपू सुल्तान ने त्रावणकोर की इस गलत प्रथा को बन्द करने का फरमान जारी किया। पेशवा के कुछ सैनिक मारे भी गए तो ब्राह्मणों ने कहा कि टीपू मुसलमान है, सो रोक रहा है।"

"यह टैक्स बन्द कैसे हुआ?"

"उसी नंगेली की शहादत की चिनगारी भड़की, हालाँकि उससे बरामन तो तब भी नहीं पसीजे।"

"मैं होती तो...?"

"तो...?"

"अरे, तू मुझे नहीं जानती, सीधे उसी हँसिये को नाभि पर रखती और खर्र से चीर देती।"

"हाँ, भाई! तुमने तो रास्ता रोक रहे गुंडे को जो मारा कि कभी गुस्ताखी करने की हिम्मत न हुई। अरे, हाँ! यह भी सुना है कि बचपन में एक बच्चा आम के पेड़ पर आम तोड़ने के लिए चढ़ा तो ऊपर साँप था। किसी की अक्ल काम न आई। लड़का रो भी नहीं पा रहा था। तू गई और उसे उतार लाई।"

"हाँ तो...वो तात्या था गाँव का।"

"इतनी जाँबाज थी तभी तो गुंडे को...!"

वह सारा अतीत ऐन उनके सामने दृश्यमान हो उठा। औरतों को मनुष्य समझा ही नहीं गया, सिर्फ़ भोग की गुड़िया। भला बताओ यह क्या बात हुई कि स्तनों को खोलकर रखो ताकि उसका मजा ले सकें। पाप का घट...जब चाहे बलात्कार करो और उसमें डाल दो। इसे उचित ठहराने के लिए बेसिर-पैर के देवता गढ़ो। क्या हविस है...?

"इस पर एक कहानी चलती है। इन्द्र ने छल से अहल्या को भोगा था, उसके पति गौतम ने उसे ऐसा श्राप दिया कि पूरी देह में योनि ही योनि हो गई। पूरी देह गँधाती रहती, आक थू!"

"इससे जान कैसे बची?" फ़ातिमा की आँखें फैल गईं।

"शिवजी ने योनियों को आँख में बदल दिया। सहस्त्रयोनि इन्द्र को सहस्त्राक्षु बना दिया।"

"वे तुम्हारे शिवजी भी...!"

"अच्छा एक बात मैं सोचती हूँ—राम-सीता ने जब दशरथ का घर छोड़ा होगा तो सीता की उम्र कितनी रही होगी?" फ़ातिमा ने पूछा।

"क्यों?"

"मुझे लगता है, ऐसी ही कुछ उम्र रही होगी जैसे तुम्हारी और जोतिबा की थी।"

"मुझे पहले तो दया आई...फिर सोचने लगी, बाहर गए बिना अन्दर का दरवाजा खुलता नहीं। लोग कुएँ का मेढक बने रहते हैं।"

"ठीक कहती हो। पहले सेठ ने सिर्फ गरीब अछूत बच्चों के जीवन के अँधेरे को जाना था। अब वो मजदूरों, किसानों की भी बातें करते हैं। अरे सुनो तो, एक दिन पंडितों से क्या-क्या तो बहसें होने लगी थीं। बाप ने बाहर निकालकर जैसे उनकी दुनिया को फैला दिया, लो देखो!

"समझ में नहीं आता, लोग एक-दूसरे से जलते क्यों हैं? शायद ईर्ष्या या डाह ही ब्राह्मण होने का स्थायी भाव है।"

"कोकी!" जोती के स्वर में उल्लास था।

"क्या है?" सावित्री ने पूछा।

"जरा बाहर तो आओ।"

बाहर आकर सावित्री ने देखा। चार-एक कपड़ों में, मलिन चेहरे वाली कुछक औरतें और बच्चियाँ खड़ी थीं, पुरुष भी। उनके सिर पर मिट्टी के घड़े थे। कुछ के सिर पर एल्युमिनियम के पिचके पतीले।

"ये दो-दो तीन-तीन मील हो आए, इन लोगों के लिए पुणे में पानी नहीं है। सो मैंने अपना कुआँ खोल दिया इन लोगों के लिए। ठीक किया न...?"

"तुम गलत कर ही नहीं सकते।" फिर उसने लोगों को बुलाया, "आओ, भर लो, कितना पानी लेना है। ये जगत पर रस्सी बँधी बाल्टी रखी है। कुएँ से निकालो और अपनी-अपनी कलशियों को भर लो। गन्दा मत करना..."

बुलाने पर भी किसी को आने का साहस न हुआ। सदियों की जड़ता थी। पेशवा के ज़माने से अछूतों के पानी लेने पर प्रतिबध था। वे जहाँ-जहाँ गए थे, दुरदुराए ही गए थे। जोती ने उनसे कलशियाँ ले लीं।

सावित्री ने ख़ुद कुएँ से पानी निकालकर कलशियों को भरा और पति-पत्नी ने उठाकर उनके सिर पर रखा।

उस दिन से जोती का कुआँ खुल गया सब के लिए।

धीरे-धीरे ख़बर जंगल की आग-सी फैलती है। चिपलूणकर के पास कई लोग शिकायत लेकर आए।

"इनका मन बढ़ता ही जा रहा है," चिपलूणकर ने दाँत पीसे।

"अभी तो अछूतों के लिए पानी खोला है, इसके बाद कुछ और होगा?" किसी ने कहा।

"अच्छा, एक बात हमें समझाओ, मुसलमानों और ईसाइयों को पानी देते हो कि नहीं? कोई हस्तक्षेप करता है।"

"देते हैं।"

"कहीं इसलिए तो नहीं कि एक पुराने राजे थे, एक आज के...।"

"बात को क्यों खींच रहे हो?"

"खींच इसलिए रहा हूँ कि मान लो ये अछूत कल को मोहम्मदी (मुसलमान) बनकर लौटे, परसों क्रिश्चियन बनकर लौटे...तब तो झख मारकर इन्हें पानी देना पड़ेगा।"

तर्क बेहूदा था, बेढंगा भी। खीज गए चिपलूणकर, "बनते हैं तो बन जाएँ ससुरे। तब की बात तब देखेंगे।"

पुणे के जुन्नर क्षेत्र के ज़मींदारों और महाजनों ने तो अति ही कर दी थी। किसान जोती की राह देख रहे थे। वे गए और उनकी सारी बातें सुनकर उन्होंने दो-टूक कहा, "जब तक तुम पर जुल्म होता है, बन्द कर दो हल जोतना।"

खेत परती पड़े रहे। शिक्षित और देशभक्त कहे जानेवालों ने जोती के विरुद्ध हल्ला बोल दिया, पर किसान न डिगे और न झुके।

"आखिर आप चाहते क्या हैं?" जोती से पूछा गया।

"जब तक हल चलानेवाले किसानों को खेतों का स्वामी नहीं बनाया जाता, तब तक भारत जैसे कृषि-प्रधान देश की उन्नति नहीं होगी और न ही पैदावार बढ़ेगी। उन्हें उनका हक दीजिए वर्ना हलबंधी नहीं हटेगी।" जोती ने कहा।

अन्ततः ज़मींदारों और साहूकारों को झुकना ही पड़ा।

अगला छौंक सती-प्रथा के विरोध में जोतिबा का लेख था।

जहाँ भी चार-छह ब्राह्मण जुटते, इस विषय पर चर्चा शुरू हो जाती।

"सुनते हैं, राजा राममोहन राय ने विभीषण बनकर किसी अंग्रेज से मिलकर, कानून बनाकर सती-प्रथा को बन्द करा दिया था।" एक ने कहा।

"बन्द करा पाए? अभी भी तो हो रही है सती।" दूसरे ने टोका।

"मर गए राममोहन, मर गए गवर्नर साहब, इसी तरह जोती भी फाँय-फाँय करते हुए मर जाएगा एक दिन लेकिन सती-प्रथा बन्द होने से रही। जोतिबा ने औरतों को पढ़ाना शुरू किया, चलो मान लिया, अछूतों को छूत मान लिया, भगवान राम ने भी शबरी के जूठे बेर खाए थे, मगर सनातन काल से चली आ रही सती-प्रथा को बन्द करा देंगे और हम हाथ पर हाथ धरकर बैठे रहेंगे...समझ क्या रखा है?"

"इन मूर्खों को पता नहीं कि पति की मृत्यु के बाद सती न होने पर देव, औरतों को स्वर्ग सुख से वंचित कर देता है।"

"यह कहाँ लिखा है?"

"सभी धर्मग्रंथों में लिखा है।"

"हाँ, सभी में...!"

"सोलह आने पाव रत्ती बात।"

"स्वर्ग आपने देखा है?"

"नहीं देखा तो क्या...? शास्त्रों में लिखा क्या झूठ हो जाएगा?"

मन सबका बढ़ा जा रहा था।

"इधर कुछ सुना तुमने?"

"क्या?"

"बम्बई में जोतिबा के उकसावे पर नाइयों की एक महासभा हुई।"

"तो...?"

"उसमें तय हुआ कि अब से ब्राह्मण विधवाओं का मुंडन वे नहीं करेंगे।"

"ऐसा क्या...?"

"हाँ। यानी अब से उनका दोष, पाप अपने ऊपर नहीं लेंगे।"

"यह तो घोर अनर्थ है। मगर क्यों? जोत्या के बहकावे में आ गए नाई लोग?"

"यही नहीं, सुनते हैं बिलायत के नाइयों ने भी उनका समर्थन किया है।"

"अकेले उन्हीं का दोष है? अन्त्येष्टि में ब्राह्मण तो सैकड़ों रुपये का जुगाड़ कर लेते हैं, नाइयों को मिलता क्या है, चार-छह आने..." आगन्तुक ने कहा।

"खैर, तू बता तू क्यों आया है?"

"महाराज, मुझे जात से निकाल देंगे मेरे जात भाई।"

"वो हम देख लेंगे। अभी...?"

"मैंने एक नया मकान बनवाया है। वह, पंडित महाराज ने कहा, वास्तु-शान्ति कराना होगा।"

"यह वास्तु-शान्ति क्या बला है?"

"मैं क्या जानूँ। अब कुछ बरामन लोग कहते हैं, उसमें वे नहीं आएँगे। दिशा-दोष है, शुद्धि-अनुष्ठान करवाना होगा। मैंने मान लिया, जो आज्ञा। पर आमंत्रित करने गया तो..." आगन्तुक ने कहा।

"मैं जोतिबा के पास गया तो उन्होंने कहा, सीधे-सीधे ऐसे ब्राह्मणों का बहिष्कार कर दो, दाढ़ी-हजामत मत बनाओ, अब मेरे सामने सवाल है कि मैं क्या करूँ?"

रात को सोने से पहले या गपबाज़ी की पारिवारिक बैठकों में जोती कुछ-न-कुछ बताते। एक दिन पेशवाशाही की चर्चा चली तो सावित्री ने पूछा, "उसका अन्त कैसे हुआ?"

"अन्त? हर चीज का अन्त होता है...हर चीज का...!"

17 नवम्बर, 1817 को बालाजी पन्त नातू ने अपने हाथों शनिवार वाड़े से ध्वज उतारा और अंग्रेज़ों का झंडा फहरा दिया। माउंट स्टुअर्ट एल्फिंस्टन को दिये गए अभिनन्दन-पत्र में कहा गया कि अच्छा हुआ कि पेशवाशाही का अन्त हो गया और अंग्रेज़ों ने उसे अपने राज्य में मिला लिया।

"तुम कहते हो अन्त हुआ।"

"हाँ।"

"वह तो अभी भी जिन्दा है।"

"खैर छोड़ो, यह बताओ कि कहाँ-कहाँ हो रहा है विधवा-विवाह।"

"सन् 1840 में विष्णु शास्त्री वापट ने विधवा-विवाह का सूत्रपात किया था। 1842 में बेलगाँव में दो ब्राह्मणी विधवाओं का पुनर्विवाह हुआ था। स्वत:स्फूर्त पर कोई हलचल नहीं।

"8 मार्च, 1860 में पुणे के शेणवी जाति में एक विधवा विदुर का विवाह हुआ। इक्के-दुक्के चोरी-चुपके होते रहे होंगे यदा-कदा पर, यह कोई आन्दोलन का रूप न ले सका।"

"एक अजीब-सी सामाजिक, सांस्कृतिक उथल-पुथल से गुजर रहा है देश। मजे की बात यह कि इसके केन्द्र में तुम लोग हो।" जोती ने कहा।

"हम लोग...?"

"तुम लोग माने स्त्रियाँ!"

सावित्री ने गहरी साँस छोड़ी, "जान बची, मैंने समझा...मैं।"

"इस स्त्री जाति का करें भी तो क्या करें, छोड़ते भी नहीं बनता, ओढ़ते भी नहीं बनता..."

"हूँ...!"

"उसी से खुद का जन्म, उसी से वंश, उसी से परमानन्द की प्राप्ति। लिप्सा ऐसी कि कुत्ते-वुत्ते भी शरमा जाएँ। एक से मन नहीं भरता, सौ-डेढ़ सौ पत्नियाँ हो जाएँ तो भी कोई हर्ज नहीं, हजार-हजार की बात बताई जाती है शास्त्रों में। कुछ तो अतिशय भोगी निकले जो शीरे की मक्खी की तरह शलभ हो गए।"

"रुको सेठ, तुम्हीं बता रहे थे कि 'मनुस्मृति' में लिखा हुआ है कि रजस्वला होने के पहले ब्याह कर दो, वरना कन्या का रज पीना पड़ेगा।"

"हाँ, लिखा तो है।"

मनुस्मृति शास्त्र के अनुसार दस से बारह वर्ष की अवधि के अन्दर कन्या का विवाह कर डालो वरना पितरों को कन्या का 'रज' पीना पड़ेगा। मनुष्य न मिले तो पेड़ से कर डालो, पौधे से कर डालो, किसी भी जीव-जन्तु से कर डालो मगर उस अवधि के अन्दर कर डालो। अब पेड़-पौधे पर मन नहीं सधता। स्त्री, ज़्यादातर कन्याएँ ब्राह्मणों से ब्याह दी गईं। यानी कि घूम-फिरकर गेंद ब्राह्मणों के पाले में जाती। चाहे वे ब्राह्मण वृद्ध या मरणासन्न ही क्यों न हों। कन्या के जवान होते-न-होते अधिसंख्य वर दिवंगत हो चुकते।

"तो ब्याहना ही है, दस-ग्यारह साल की उम्र में ही कन्या को, फिर ब्राह्मण को ही, चाहे वह वेदान्ती—बिना दाँत का—बूढ़ा ही क्यों न हो, पहले से कई पत्नियों का पति ही क्यों न हो। कन्यादान! खूँटे से...भला बताओ, खूँटे से, पेड़ से ब्याह : जिनका मरण प्रत्यक्ष है, मरते ही औरत हो गई विधवा। देवा रे देवा...!"

"हाँ!"

"वह भी एक कारण है।"

"अब पतिदेव स्वर्ग के उस अनुपम रस को छकते हुए स्वर्ग सिधार गए..."

"विधवाओं का क्या होगा? गोधूलि में लौटती गायों की तरह विधवाएँ लौट रही हैं।"

"अच्छी उपमा है।"

जवान विधवा यानी जवानी की फूटती हुई ज्वाला, एक जीती-जागती मशाल। सारे परवाने इस ज्वाला में जल मरना चाहते हैं, ख़ुद मशाल भी जलती माने विधवा भी, ख़तरा कोई नहीं लेना चाहता। इससे छुटकारा पाने के लिए या तो इसे मार डालो या सती बनाकर जीते-जी झमेलों से मुक्ति पा लो। इसके अलावा देवदासी यानी ईश्वर के संग विवाह करने के भी प्रावधान थे। देवदासियाँ मन्दिरों में व्यभिचार का केन्द्र थीं। किसी भी पद्धति से आएँ घूम-फिरकर वे गर्भवती होती रहतीं। इसके बाद शुरू होता, उनकी सतत उपेक्षा का दौर। अब या तो इन्हें रात के अँधेरे में खदेड़ दिया जाता या वे स्वयं ही कुओं, नदियों में डूब मरतीं। विधवाओं का पुनर्विवाह इसीलिए ज़रूरी था।

ध्यानगिरी बुआ ने एक विचित्र बात बताई, "विधवा-विवाह के बारे में सोचनेवाले तुम अकेले नहीं हो जोती।"

चौकन्ने हो गए जोती।

"अभी, आज की तारीख में भी...।"

"आज भी..."

"बंगाल के राजा राममोहन राय का नाम तो सुना ही होगा?"

"जी, सती-प्रथा को कानूनन बन्द करानेवाले।"

"हाँ, विधवा-विवाह पर भी उनका काम है, भले ही प्राथमिकता की सूची में वह नहीं था। वे सती-प्रथा के विरोध में ही प्रारम्भ से अन्त तक काम करते रहे। पर एक नाम अवश्य है बड़ा ही जोरदार, बड़ा ही असरदार और वह नाम है ईश्वरचन्द्र बनर्जी का।"

"बंगाल से...?"

"हाँ, बंगाल से। राममोहन की तरह प्रकांड पंडित, संस्कृत कॉलेज के प्रिंसिपल हैं शायद! बच्चों की शिक्षा, स्त्री-शिक्षा पर काम करते रहे। पर उन्होंने देह के अन्दर जलती इस कामाग्नि की ज्वाला को समझा और कहा, 'देह की यह भूख अलग ही किस्म की भूख है जो सामान्य भूख से अलग है और संसर्ग से ही शान्त हो सकती है। विवाह-प्रथा इसी का सम्यक निदान है।

पुरुष-स्त्री में से एक के मर जाने या विधवा हो जाने पर भी यह नहीं मरती। सामाजिक मर्यादा की रक्षा के लिए आवश्यक है उसका पुनर्विवाह।'"

"पंडितों ने मान लिया?"

"नहीं, पर वे रुके नहीं। आन्दोलन चल रहा है। पंडितों का एक अस्त्र है धर्म, तो वे नास्तिक थे, क्यों डरते धर्म से!"

"अरे, वे तो लगभग मेरी तरह के ही हुए।"

"ईश्वर अगर कहीं है तो उसने दो व्यक्ति एक जैसे कैसे पैदा किये। एक जोती और दूसरे ईश्वरचन्द्र बनर्जी, एक शुद्ध ब्राह्मण, एक शूद्र, एक साल के अन्तर पर आगे-पीछे। तुम बड़े, वे छोटे।"

"आपने मेरे संकल्प को बल दिया।"

"मैंने सोचा एक पथ के पथिक को एक-दूजे से प्रेरणा लेनी चाहिए। एक सच्चा वाकया सुनो।"

बुआ ने कथा ही खोल दी—

काशी के हिन्दी के एक कवि हरिश्चन्द्र, उम्र में बहुत छोटे पर ईश्वरचन्द्र के मित्र, एक बार ईश्वरचन्द्र से मिलने गए तो उन्होंने कहा, 'दादा, मुझे ममी देखनी है।'

तुम जानो मिस्र में ममी बनाने की प्रथा आम थी।

आदमी के मरने के बाद देह में मसाले लगाकर रख देते। सालों-साल जस की तस पड़ी रहती लाश, वही ममी होती। अंग्रेजों ने कहाँ से तो एक ममी लाकर कलकत्ते के नेशनल म्यूजियम में रखवा दी थी जिसे देखने के लिए लोग आते रहते,...अरे, वही...जिसे जादूघर कहते हैं...।

तो ईश्वरचन्द्र जी, तुम्हारे हिन्दी के कवि महोदय...क्या नाम...हरिश्चन्द्र को लिवाकर म्यूजियम गए। ईश्वरचन्द्र पीछे रह गए, उत्कंठावश हरिश्चन्द्र आगे जा पहुँचे। सामने हज़ारों-लाखों वर्ष पहले के विशालकाय डायनासोर, बड़े-बड़े हाथी के कंकालों को कौतुक से देख रहे थे।

अब इधर का हाल सुनो, ईश्वरचन्द्र जब म्यूजियम में घुसने जा रहे थे तो द्वार पर अंग्रेज सिपाही ने रोक दिया, "जूते उतार दीजिए।"

द्वार पर भी कुछ वैसा ही लिखा हुआ था। ईश्वरचन्द्र ने पूछा, "क्यों?"

द्वारपाल ने कहा, 'म्यूजियम में ममी है, पवित्र आत्मा, उसके सम्मान के लिए...'

'लेकिन अंग्रेज तो बिना जूता उतारे ही जा रहे हैं।'

'यह नियम भारतवासियों के लिए है, अंग्रेजों के लिए नहीं।'

'क्यों, उनके जूतों से उस पवित्र आत्मा का अपमान नहीं होता है?'

'वह मैं नहीं जानता, यही नियम है।'

ईश्वरचन्द्र ने वहीं से क्षुब्ध आवाज़ में डाँटकर पुकारा, 'हरिश्चन्द्र...ओ हरिश्चन्द्र!'

'जी...'

'बाहर निकलो और जूते पहनकर वापस चलो। हमें ऐसी ममी नहीं देखनी जहाँ हम भारतीयों का अपमान हो।'

यह विवाद तूल पकड़ता गया। उस समय के सभी अख़बार और बुद्धिजीवी विरोध पर उतर आए। अंग्रेज़ों ने कहा, 'आप जूते पहनकर भी जा सकते हैं।'

ईश्वरचन्द्र ने कहा, 'सवाल मेरा नहीं है, समूचे भारतीयों का है। जाएँगे तो सब वरना कोई नहीं।'

तुम जानो जोती, एक सुबह ईश्वरचन्द्र क्या देखते हैं कि स्वयं ठाकुर रामकृष्ण परमहंस उनके दरवाज़े पर...। प्रणाम किया और पूछा, 'आप?'

'हाँ, मैं।'

'ठाकुर आप तो जानते हैं कि मैं नास्तिक हूँ फिर भी।'

'हाँ और मैं आस्तिक फिर भी...क्यों...? अरे तुम, विद्या के सागर हो, महापंडित। तुम सत्य, निष्ठा और देश के स्वाभिमान के लिए लड़ते रहे हो। मेरा रास्ता तुमसे अलग कहाँ है? मैं खुद चलकर तुम्हारा समर्थन व्यक्त करने तुम्हारे दर पर आया हूँ। शाबाश विद्यासागर, तुम सत्य की राह से कभी डिगना नहीं। जयी होगे।'

"और जानते हो जोती, ईश्वरचन्द्र जयी हुए। अंग्रेजों ने न सिर्फ क्षमा माँगी बल्कि वह काला नियम भी हटा लिया।"

शिक्षा के प्रसार के लिहाज़ से वर्णों-वर्गों में बँटे, अलग-अलग भारतीयों के अलग-अलग विचार थे जो अपने-अपने वर्गों के हितों का पोषण करते थे। सहज समाज-सुधारक राजा राममोहन राय के समय से ही अंग्रेज़ों की एक फिल्टर थ्योरी चल रही थी। अर्थात ऊपरी वर्ग को मिला लाभ छन-छनकर कनिष्ठ तबकों तक स्वतः पहुँच जाएगा।

जोती ने कहा, 'नहीं, प्रजावत्सलता के लिहाज से पहले गाँव-गिराँव के लोगों में शिक्षा का प्रसार किया जाना चाहिए।' उन्होंने इस बात पर ज़ोर दिया कि पहले बारह वर्ष तक सभी बच्चे-बच्चियों को नि:शुल्क शिक्षा की व्यवस्था हो।

राजा राममोहन राय के वर्ण-वर्ग के नवजागरण की सीमा स्पष्ट थी। शिक्षा हो या विधवा-विवाह या सती-प्रथा—ऐसे क्रान्तिकारी सुधारों का प्रसार ऊपरी वर्ग-वर्ण तक ही सीमित रहा। लेकिन शिक्षा-सम्बन्धी जोती के कार्यों का सुदूरगामी प्रभाव पड़ा। आगे चलकर डॉ. भीमराव आम्बेडकर ने इसका भेद खोला :

'महात्मा फुले के शिक्षा-प्रसार के कार्य से ही अछूतों को मनुष्यता की प्रतीति हुई। आज तक जिनको अवतारी पुरुष माना जाता रहा, सभी ने छुआछूत को बनाए रखने की कोशिश की, बल्कि यह कहना उचित होगा कि उन्होंने इसे बढ़ाने की चेष्टा की। छुआछूत को दफनाने का प्रयास करनेवाला एक ही अवतारी पुरुष है और वह हैं महात्मा जोतिबा फुले।'

स्त्रियाँ थीं, कोई पढ़ने या पढ़ाने की चीज़ नहीं थीं। अत: नारी-शिक्षा के प्रति कोई रुचि न थी। दूसरी ओर जोती जैसे लोगों का मानना था कि लड़कियों की शिक्षा लड़कों की शिक्षा से भी ज़्यादा ज़रूरी है। एक लड़की के शिक्षित होने का मतलब है पूरे परिवार का शिक्षित हो जाना।

दरअसल मनुस्मृति की व्यवस्था में शूद्रों, अन्त्यजों और स्त्रियों के लिए सम्मान और शिक्षा का कोई प्रावधान था ही नहीं। उधर जोती, स्त्रियों की शिक्षा के उपरान्त अछूतों की शिक्षा पर भी क़दम बढ़ा चुके थे।

भूदेवों की इच्छा के सर्वथा प्रतिकूल आचरण। अब तो पानी नाक के ऊपर आ गया। अब नहीं रोका गया तो घोर अनर्थ हो जाएगा।

समय का पहिया घूमता रहा। संस्कृत पाठशालाओं में ब्राह्मणों का वर्चस्व क़ायम था। इसके हटते ही जगह-जगह अंग्रेज़ी स्कूल खुलने लगे थे। शिक्षा के प्रसार में ब्राह्मण स्वयं बाधक थे। उनके अन्दर भी प्रकट और गोपन शिक्षा के महत्त्व को लोग पहले की अपेक्षा ज़्यादा तेज़ी से समझने लगे थे। मगर अभी भी यह बोध सर्वत्र एक जैसा नहीं था। पिछड़ी जातियाँ अभी भी पिछड़ी हुई थीं और निर्धन जन भी।

मिशनरी स्कूल में पढ़नेवाले मुसलमान एवं ईसाई लड़कों की संगति ने जोती की समझ और संस्कारों के जालों को प्रायः साफ़ कर दिया था—संस्कृत जैसी अबूझ भाषा और हिन्दू धर्म की अतार्किक बातों से, विकर्षित ब्राह्मणवाद और उसके जातिवाद, छुआछूत और पाखंडवाद जैसे असाध्य रोगों से मुक्ति पाई जा सकती है।

गंज पेठ के बाज़ार से गुज़रते हुए जोती की नज़र आदतन अपनी दुकान की ओर उठ गई। दुकान बन्द थी। बगल के जोशी जी से पूछा तो उन्होंने बताया, "यह तो कई दिनों से बन्द है।"

वे मुड़े ही थे कि जोशी जी का तंज पीठ पर छपाक-सा बजा, "घोर कलियुग है। बेटा समाज-सुधार का डंका पीटते घर-घर घूम रहा है और उसे खबर ही नहीं कि उसके घर में क्या हो रहा है।"

घर आए। पगड़ी उतारी। पत्नी पति का उतरा हुआ चेहरा देखकर चौंक गई, "क्या हुआ?"

जोती ने पिता की ख़बर बताई।

"हूँ! चलो, बाबा के पास चलते हैं।"

बडील के पास पहुँचे तो दिन झुक आया था।

सूनापन, अरराता घर। दरवाजे से झाँककर देखा तो एक कथरी पर बुखार में सीझते हुए पड़े थे पिता। दोनों ने आगे बढ़कर पाँव छुए। गर्म पाँव! चौंककर आँख खोली पिता ने—

"तुम...!"

चींटियाँ थीं बिस्तर पर। मक्खियाँ भिनक रही थीं। आँगन में एक कौवा निरर्थक कुछ तलाश रहा था। तीनों की आँखें डबडबा आईं। पर रोए सबसे पहले पिता गोविन्दराव ही शायद। बहुत दिनों बाद अपनों के बीच अपने को पाकर आँखें रुक न सकीं।

"देख लो, तुम सबके न रहने से कितना अकेला हो गया मैं। पत्नी गई, तुम लोग गए...मेरी जिन्दगी में बचा ही क्या? बीमारी, लाचारी।"

"आपने किसी से खबर भिजवा दी होती।"

"खबर!" शब्द थम गए। आँखें बरसने लगीं। "तुम लोगों का अभिनन्दन हुआ। चाह थी, सब गए मगर मैं ही न जा पाया। मैंने ही तो तुम्हें घर से निकाला था। किस मुँह से जाता।" जैसे वे दूसरे किनारे से बोल रहे थे।

"पिछली बातों को भूल जाइए। हमें मालूम है, आप हमसे कितना स्नेह करते हैं। चलिए हमारे साथ, हमारे घर।" सावित्री ने कहा।

कपड़े-लत्ते सँभाले। गोविन्दराव का एक कन्धा बेटे ने सँभाला, एक बहू ने पड़ोसी और आसपास के बच्चे, स्त्रियाँ हुलक रहे थे, जैसे वे किन्हीं अजनबियों को देख रहे थे।

लेकिन पिता को पुत्र तक पहुँचते-पहुँचते काफ़ी देर हो चुकी थी। गोविन्दराव ज़्यादा दूर नहीं खींच सके ज़िन्दगी की गाड़ी को। चींटियों और मक्खियों को सूचना देर से मिली, रिश्तेदारों को पहले, कहीं से बाँस कटकर आ गया। कटने-पिटने की आवाज़ें खट...खट...खट, टिकठी बनने लगी। भूदेव मँडराने लगे। सतारा और दूर-दूर के रिश्तेदार आने लगे एक-एक करके।

खंडोवा को देखते ही सावित्री की रुलाई गोइँठे की आग के धुएँ के साथ मिलकर तैरने लगी। कफ़न लाए थे। गोविन्दराव कफ़न से ढक दिये गए। पर इसके आगे...?

जोती ने हाथ बढ़ाकर रोक दिया सभी को। रुक गए बढ़े हाथ, घर से तनिक दूर गड्ढा खोदा गया। उसमें नमक डाला गया। फिर लाश रखी गई और लाश के ऊपर फिर नमक। पति-पत्नी, जोती दम्पती ने मस्तक मिट्टी पर टेककर अन्तिम प्रणाम किया। अब मिट्टी...!

ब्रह्म-भोज के लिए मँडराते भूदेवों की टोली निराश होकर किनारे पर आ गई और कहा, "हम तो वैसे भी जानेवाले नहीं। एक तो शूद्र, फिर मातंगों, महारों के बीच...। और दान...!"

सभी को एक-एक पेंसिल, एक-एक कॉपी, बड़े को कोई पुस्तक!

पिता की समाधि के गिर्द पुरजन-परिजन खड़े थे।

"यह जोत्या के पिता का श्राद्ध नहीं, हिन्दू धर्म का श्राद्ध है।" एक भूदेव ने कहा।

शिशु हत्या प्रतिबन्धक गृह में अन्दर सावित्री सो रही थी। ओसारे में, निझूम रात जोती के बग़ल, पालने में एक बच्चा। सभी बेखटके सो रहे थे कि खटका हुआ। ब्राह्मणों द्वारा भेजे गए दो हत्यारे दाख़िल हुए। टटोल-टटोलकर आगे बढ़ रहे थे कि पालने से टकरा गए। झटके से आँख खुल गई जोती की। खुली आँखों से जो देखा तो चौंक गए।

दोनों ओर से चाकू लिये दो हाथ उन पर उठे हुए थे।

"कौन? कौन हो तुम लोग?"

"हिलो नहीं।"

"तुम हो कौन और चाहते क्या हो?"

"हम तुम्हारी हत्या करने आए हैं।"

"क्यों?"

"हमें तुम्हें मारने के लिए भेजा गया है।"

"आखिर मुझे मारकर क्या मिलेगा तुम्हें?"

एक ने कहा, "एक-एक हजार रुपये।"

"बस!"

संत्रस्त, अस्त-व्यस्त सावित्री हाथ फैलाए सामने आ गई, "पागल हो गए हो तुम दोनों। जोतिबा जो कुछ भी कर रहे हैं, तुम्हीं लोगों के लिए कर रहे हैं। वे स्कूल, ये बच्चे, ये फजीहतें, वे औरतें...मारने से पहले एक बार ठंडे मन से सोचकर देखो। इनमें हमारा क्या स्वार्थ है? ये क्या लगते हैं हमारे? हमें मारकर हजार-हजार रुपये तुम्हें मिलेंगे, कितने दिन चलेंगे? उलटे पकड़े गए तो फाँसी हो जाएगी तुम्हारी।"

जोती ने कहा, "मेरे लिए इससे ज्यादा खुशी की बात और क्या होगी कि जिनकी उन्नति के लिए मैं काम कर रहा हूँ, उन्हीं के हाथों मेरी मौत हो। बेशक हमें मार डालो, लेकिन इन मासूमों की जान बख्श देना, कारण हमारे बाद इनका कोई नहीं..." स्वर में ग़ज़ब की तासीर थी। भावना में विरेचन हुआ।

निझूम रात का सन्नाटा मसक गया था। खंजर छूट गए थे उनके हाथों से। दोनों पाँव पर गिर पड़े थे जोती के—"हमें माफ कर दो।"*

"पर, तुम लोग हो कौन?"

"मैं घोंडीराव कुम्हार और ये रोड़ो रामोशी!"

पट परिवर्तित हो चुका था।

"हम उन्हें छोड़ेंगे नहीं।"

"किन्हें?"

"जिन्होंने हमें तुम्हें मार डालने के लिए भेजा था।"

* ध्यातव्य है कि महात्मा गांधी अपने हत्यारे का हृदय परिवर्तन नहीं करा पाए, मगर जोतिबा ने सत्य के ताप से बदल दिया था हत्यारे के मन को।
घोंडीराव को जोती ने संस्कृत पढ़ने के लिए काशी भेजा, जहाँ से वह पढ़कर लौटा तो उनके संसर्ग में रहकर 'सत्यशोधक समाज' का प्रमुख स्तम्भ बना। 'गुलामगिरी' की रचना घोंडीराव और जोतिबा की परस्पर संवाद शैली में है। रामोशी उनका प्रधान अंगरक्षक बना।

"रुको!"

रुक गए दोनों।

पुणे—विद्वानों का नगर। रत्नगिरि से पिता की मृत्यु के बाद लौटकर पुणे आए। विष्णु शास्त्री चिपलूणकर उस पुणे के महापंडित। मराठी के प्रकांड विद्वान। लोग इन्हें 'मराठी भाषा के शिवाजी' कहते तो गर्व से चेहरा गूलर हो जाता। यहाँ से पूरी तरह संज्ञायित नहीं होते—'घोर' कहना होगा, पेशवाशाही के घोर पुनर्प्रतिष्ठापक। अत: जोतिबा के घोर विरोधी। उन्हीं दिनों जोतिबा पुणे नगरपालिका के सदस्य चुने गए थे। वे पिछड़ों और दलितों के जलाभाव के संकट और शिक्षा आदि अन्य समस्याओं से जूझ रहे थे। दूसरी ओर विष्णु के लिए आवश्यक हो गया था इसका विरोध करना। सो 'विविध ज्ञान विस्तार' पत्रिका में विष्णु ने लिखा, 'अपने धर्म का परित्याग कर परधर्म यानी नये पन्थ को अपनाना क्योंकर अनिष्टकारी नहीं होगा।' इशारा 'सत्यशोधक समाज' की ओर था।

जोती ने जवाब में कुछ नहीं कहा। बस, सोचा कि सत्य का ज्ञान क्या बाधा देंगे।

पहले भाषा सीखी। फिर अंग्रेज़ी स्कूल खोला।

मन नहीं लगा तो अपना प्रेस 'चित्रशाला', पुस्तक भंडार, किताबखाना और पत्रिका 'निबन्धमाला' शुरू की जोती ने।

चितपावन ब्राह्मणों की आलोचना की तो कहा, 'भले ही चितपावन ब्राह्मण चिता से उत्पन्न हुए हों या ईरान से आए हुए हों, दुष्ट हों, चालाक हों, पर एक बात निश्चित है कि ज्ञान की पुरानी कुंजियाँ उन्हीं के पास हैं और इनका सत्यशोधक समाज, एक ओर हड़पसर, दूसरी ओर भावुर्डा, बस यही दस मील की सीमा।' लेकिन दूसरी ओर जोती ने उनके अंग्रेज़ी स्कूल की तारीफ़ की और उनके अंग्रेज़ी स्कूलों को वित्तीय सहायता की अनुशंसा भी की। जबकि जोती उनके लिए शूद्र, मूर्ख थे।

फ़ातिमा शेख़ और सहेलियों ने एक नया नाम दिया था रास्तों को। जो रास्ता विष्णु शास्त्री चिपलूणकर के घर की ओर जाता, उसे ब्रह्म वीथी कहा और जो रास्ता जोतिबा के घर की ओर जाता, उसे सत्य वीथी कहा। ब्रह्म वीथी और सत्य वीथी में टकराहट अक्सर होती रहती।

सत्य वीथी से चिपलूणकर के प्रश्न का उत्तर तो नहीं गया, पर दोनों ध्रुवों की टकराहट उनके अनुयायियों द्वारा रणभेरी-सी बजती रही। सत्यशोधक भालेकर ने करारा जवाब दिया : 'शूद्रों से घृणा करनेवाले चिपलूणकर ने शिवाजी, जो एक शूद्र है, का तमगा क्यों पहन रखा है। उपमा देने के लिए शिवाजी ही मिले तो इस कटखने चिपलूणकर का शुद्धतावाद उन्हें शेष समाज से कटकर रहने को विवश करता ही।' एक रात उनके पेट में भयंकर पीड़ा हुई। देसी दवाएँ, वैद्य, योग, जप सब निष्फल। सत्य वीथी तक ख़बर पहुँची। अब क्या हो? जोतिबा ने उस समय के सबसे प्रसिद्ध डॉक्टर विश्राम रामजी घोले को उनके लिए भेजा। घोले ठहरे शूद्र जिन्हें देखते ही चिपलूणकर भड़क गए। अंग्रेज़ी दवा और वह भी एक शूद्र डॉक्टर के हाथों? ऐसी दवा लेने से मेरा मर जाना ही बेहतर है। घोले क्या करते, चले गए। उधर सत्य वीथी पर यह ख़बर बराबर फैल रही थी कि दर्द बढ़ता ही जा रहा है। सत्य और धर्म का द्वन्द्व था। आख़िर धर्म की विजय हुई। चिपलूणकर ने घोले की दवा नहीं खाई तो नहीं ही खाई और प्राण तज दिये।

समस्या का यहीं अन्त नहीं हुआ। चिता पर चढ़ाने से पूर्व किसी डॉक्टर का सर्टिफ़िकेट कि उनकी मृत्यु स्वाभाविक मृत्यु थी, किसी भी सरकारी डॉक्टर से नहीं मिला। एक बार फिर जोतिबा को डॉक्टर घोले के पास जाना पड़ा। यह सनद देने के लिए कि विष्णुकान्त शास्त्री चिपलूणकर की मृत्यु स्वाभाविक है।

"क्या यह सत्य है?" शूद्र डॉक्टर हँसा।

"हाँ, आपद धर्म का यही सत्य है।" जोतिबा ने कहा।

"कैसी कट्टरता है जो मृत्यु के बाद भी आदमी को नहीं छोड़ती।"

तर्कातीत है यह धर्म! तर्कातीत! प्राण से भी परे। ऐसी कट्टरता का मुक़ाबला कैसे हो? ख़ैर, एक शूद्र डॉक्टर के मृत्यु प्रमाण-पत्र से एक ब्राह्मण का उद्धार हुआ।

1856-1865 का अन्तराल

पंडित का शाप और शिवाजी के ख़ज़ाने को बताने वाला आज कोई नहीं है। चिलचिलाती हुई धूप है।

सगुणाबाई बीच की थूमी और धुरी थीं। उनके बिछड़ते ही उनकी कमी शिद्दत से खलने लगी। जोती के इस मातृविहीन परिवार की वे माँ थीं, मित्र थीं, संरक्षक थीं। जोती के अन्दर दया, क्षमा, सहिष्णुता, व्यक्तियों और धर्मों के प्रति आदर के सारे संस्कारों को आकार दिया था, जो पादरी जॉन साहब से अर्जित थे, वे न होतीं तो जोती की स्कूली पढ़ाई एक तरह से छूट ही गई होती। सावित्री को वे सास नहीं, ममतामयी माँ की तरह सिखाती और समझातीं। स्कूल, खेती और घर के तमाम कामों के बीच अचानक उनकी याद आती तो जी धक-सा रह जाता।

सावित्री कुछ दिनों से मायके में थी। 10 अक्टूबर, 1856 को पति को पत्र लिखा—

सत्यमूर्ति जोतिबा, मेरे स्वामी,

सावित्री का सलाम!

इतने उतार-चढ़ावों के बाद, लगता है मेरी तबीयत अब पूरी तरह सुधर गई है। मेरे भाई ने मेरी बीमारी में बहुत सेवा की है। उसकी सेवा और भक्ति-भाव दर्शाता है कि वह सच में कितना स्नेहिल है। जैसे ही मैं पूरी तरह से ठीक हो जाऊँगी, पुणे आ जाऊँगी। कृपया मेरी चिन्ता न करें। मैं जानती हूँ कि मेरे न रहने से फ़ातिमा को कितनी मुश्किल हुई होगी, लेकिन मुझे यकीन है कि वह समझेगी और शिकायत नहीं करेगी।

एक दिन हम यूँ ही बातचीत कर रहे थे कि मेरे भाई ने कहा, "तुम्हें और तुम्हारे पति को जात निकाला ठीक ही दिया गया है क्योंकि तुम दोनों अछूतों (महार और मांग), की सेवा करते हो। अछूत अपवित्र लोग हैं और उनकी मदद करने के द्वारा तुम परिवार का नाम बदनाम कर रहे हो। इसलिए मैं कहता हूँ कि हमारी जाति की प्रथाओं के अनुसार व्यवहार करो और ब्राह्मणों के आदेशों का पालन करो।"

मेरे भाई की इन कठोर बातों से माँ बहुत ही व्यथित हुईं। हालाँकि मेरे भाई भले आदमी हैं। उनकी सोच बहुत ही संकीर्ण है इसलिए उन्होंने हमारी कठोर आलोचना करने और हमें भला-बुरा कहने में कोई संकोच नहीं किया। मेरी माँ ने उन्हें डाँटा नहीं लेकिन कोशिश की कि वह अपने होश में आते, 'भगवान ने तुम्हें इतनी अच्छी जबान दी है लेकिन उसका दुरुपयोग करने का कोई लाभ नहीं।'

मैंने अपने सामाजिक कार्य का बचाव करने और उनकी गलतफहमी दूर करने का प्रयास किया। मैंने उन्हें कहा, 'भैया आपकी सोच संकीर्ण है और ब्राह्मणों की सोच ने उसे और भी बदतर बना दिया है। बकरी और गाय जैसे जानवर आपके लिए अछूत नहीं हैं और बड़े प्यार से उन्हें छूते हो, नागपंचमी के दिन आप जहरीले साँपों को पकड़कर दूध पिलाते हो। लेकिन आप महार और मांग को, जो आपकी और मेरी तरह के इनसान हैं, अछूत समझते हैं। क्या आप मुझे दूसरी कोई वजह बता सकते हैं? जब ब्राह्मण अपने पवित्र वस्त्र पहनकर पूजा-पाठ करते हैं तो वह आपको भी अशुद्ध और अछूत मानते हैं,

वे डरते हैं कि आपका स्पर्श उन्हें दूषित कर देगा। वे आपके साथ महारों से अलग व्यवहार नहीं करते।'

मेरे भाई ने यह सुना तो उनका चेहरा लाल हो गया। लेकिन उन्होंने मुझसे पूछा, 'तुम उन महारों और मांगों को क्यों पढ़ाती हो? लोग तुम्हें गालियाँ देते हैं कि तुम अछूतों को पढ़ाती हो। मुझसे बर्दाश्त नहीं होता जब लोग तुम्हें बुरी बातें बोलते हैं और तुम्हारे काम में अड़ंगा डालते हैं। मैं ऐसा अपमान सहन नहीं कर सकता।'

मैंने उन्हें बताया कि अंग्रेज लोगों के लिए क्या कर रहे हैं? मैंने कहा, 'पढ़ाई-लिखाई की कमी निरी पाशविकता है। ज्ञान हासिल करने से ब्राह्मणों को उच्च प्रतिष्ठा हासिल हुई है। शिक्षा और ज्ञान उत्कृष्ट चीजें हैं। जो ज्ञान हासिल कर लेता है वह अपना निचला दर्जा त्याग कर उच्च दर्जा प्राप्त करता है। मेरे पति देवता समान पुरुष हैं। इस दुनिया में उनके बराबर कोई नहीं, किसी से उनकी तुलना नहीं की जा सकती। उन्हें लगता है कि अछूतों को ज्ञान अर्जित करना चाहिए और आजादी प्राप्त करनी चाहिए। वह ब्राह्मणों से टक्कर लेते हैं और अछूतों को पढ़ाने के लिए उनसे संघर्ष करते हैं क्योंकि उनका मानना है कि वह भी बाकी लोगों की तरह ही मनुष्य हैं और उन्हें भी गरिमामय मनुष्यों की तरह जीना चाहिए। इसके लिए उन्हें शिक्षित होना होगा। मैं भी उन्हें इसी कारण पढ़ाती हूँ। इसमें गलत क्या है? हाँ, हम दोनों लड़कियों को, औरतों को, मांगों और महारों को शिक्षा देते हैं। ब्राह्मण नाराज हैं क्योंकि उन्हें लगता है इससे उन्हें परेशानी होगी। इसलिए वे हमारा विरोध करते हैं और यह मंत्र जपते रहते हैं कि ऐसा करना हमारे धर्म के खिलाफ है। वे हमारी निन्दा करते हैं और हमें बहिष्कृत करते हैं और आपके जैसे अच्छे लोगों के मनों में भी जहर घोलते हैं।

'आपको जरूर याद होगा कि अंग्रेज सरकार ने मेरे पति के महान कार्यों के लिए उन्हें एक समारोह आयोजित कर सम्मानित किया था। उनके सम्मान ने दुष्ट लोगों के मनों में जलन पैदा कर दी। मैं आपको बताना चाहती हूँ कि मेरे पति आपकी तरह केवल ईश्वर का नाम लेने या तीर्थ करनेवाले नहीं हैं। वे दरअसल ईश्वर का ही कार्य कर रहे हैं और इसमें मैं उनकी सहायता

करती हूँ और मुझे यह काम अच्छा लगता है। ऐसी सेवा करने के द्वारा मुझे अपार खुशी प्राप्त होती है। इससे यह भी पता चलता है कि कोई इनसान किस ऊँचाई तक पहुँच सकता है।'

माँ और भैया मेरी बात बड़े ध्यान से सुन रहे थे। मेरे भाई आखिरकार मुझसे सहमत हो गए, जो कुछ उन्होंने कहा था, उसके लिए पश्चात्ताप किया और मुझसे माफी माँगी। माँ ने कहा, 'सावित्री, तुम्हारी जबान से तो स्वयं भगवान के शब्द सुनाई दे रहे हैं। तुम्हारी बुद्धिमत्तापूर्ण बातें सुनकर हम तो धन्य हो गए।' माँ और भाई के द्वारा ऐसी सराहना सुनकर मुझे दिली खुशी हुई। इससे आप कल्पना कर सकते हैं कि पुणे की तरह यहाँ भी कई कमअक्ल लोग लोगों के दिलों में जहर घोल रहे हैं और हमारे खिलाफ झूठी बातें फैला रहे हैं। लेकिन हम उनसे डरकर इस भले काम को, जो हमने शुरू किया है, क्यों छोड़ दें? बेहतर यही होगा कि हम इस काम में लगे रहें। हम इन सब पर विजयी होंगे और भविष्य में सफलता हमारे ही हाथ लगेगी। भविष्य हमारा है।

मैं और क्या लिखूँ?

सविनय प्रणाम!

आपकी,

सावित्री

जोती ने पत्र हाथ में लिया। पत्र के उस पार से पत्नी की झीनी-सी सलोनी आकृति झाँकने लगी। मँझोले कद की, गन्दुमी रंग की, ममतामयी, मेरी सावित्री! अभी उमर ही क्या है तुम्हारी। बालिका वधू ही तो हो। लेकिन कितनी जल्दी समझदार हो गई हो मेरी सावित्री। उन्होंने पत्र को उठाकर चूम लिया, 'जल्दी आ जाओ। अब तुम्हारी दूरी सही नहीं जाती।'

इधर गोवंडे के घर एक दुर्घटना घट गई। उनकी रसोई बनानेवाली एक सुन्दर ब्राह्मण विधवा युवती थी। पड़ोस के एक शास्त्री की निगाह उस पर गड़ी। उसने बहला-फुसलाकर उससे यौन सम्बन्ध बना लिया।

वह गर्भवती हो गई तो गर्भ गिराने की चेष्टा हुई। गर्भ नहीं गिरा और विधवा ने एक सुन्दर शिशु को जन्म दिया। उस शास्त्री ने बच्चे को अपनाने से इनकार कर दिया। वह साफ़ मुकर गया। ...जाओ मरो।

न घर-परिवार में पनाह थी और न ही बाहर। कलंकिनी जाए तो जाए कहाँ! साँसत में थी जान। तब उसने शिशु का गला रेता और गोवंडे के आँगन के कुएँ में फेंक दिया। पता चलने पर सज़ा हो गई उस औरत को, जबकि सज़ा होनी चाहिए थी उस शास्त्री को काले पानी की। अंडमान-निकोबार। 'करे कोई, भरे कोई।' सावित्री ने जिस दिन इस सज़ा के बारे में सुना, बेचैन हो गई।

"रात भर मुझे लगा, मेरी आँखों के सामने उस औरत को पुलिस पकड़कर घसीटते हुए ले जा रही है। पीछे एक नन्हा बच्चा हाथ जोड़कर फरियाद कर रहा है।" सुबह सावित्री ने जोती से कहा और उनके सीने से लगकर सिसकियाँ लेने लगी, "कभी कुएँ के अन्दर से तो कभी कुएँ के पीछे से और कभी-कभी तो गर्भ के अन्दर से..., यह एक औरत की बात नहीं है।" शहर में इस बात की चर्चा है मगर सभी निरुपाय हैं।

तनिक रुककर उन्होंने अपने हाथों से सावित्री के आँसुओं को पोंछा, "मैं एक निःशुल्क प्रसूति गृह खोलने की बात सोच रहा हूँ।"

"कहाँ?"

"यहीं, अपने इसी घर में।"

"आपने मेरे मुँह की बात ही छीन ली सेठ।" आँसू भरी पलकों पर मोती चमकने लगे।

"लेकिन न तो हमारे पास पर्याप्त पैसा है और न साधन।"

"सब हो जाएगा, सब।"

"पर तुम्हें इन स्कूलों को भी देखना है, घर-संसार भी, रसोई भी तुम खुद ही बनाती हो।"

"मैं सब सँभाल लूँगी, सब।" वह हुलास में थी।

"तुम ममता का सागर हो, ऊँचे दर्जे की कवयित्री हो, चेहरे पर तनिक थकान नहीं, हमेशा हँसती रहती हो। ऐसी ही बनी रहना और घर-संसार को संजीवनी से सींचती रहना।"

और अगले दिन, पुणे शहर में जहाँ-तहाँ इश्तहार चिपक गए।

काले पानी से बचाने का उपाय—ऐसी हर स्त्री शिशु हत्या प्रतिबन्धक गृह में बिना संकोच के आ सकती है। उसके प्रसव से लेकर शिशु के पालन-पोषण की हर सुविधा प्रदान की जाती है। यह व्यवस्था नि:शुल्क है और हर जाति, धर्म, कुल-खानदान के लिए है।

जोतिबा फुले, सावित्रीबाई फुले

325, गंज पेठ, पुणे।

रात के अँधेरे में छुपती-छुपाती ऐसी औरतें आतीं। सावित्री उन्हें अपने प्रसूति और गोपन गृह में ऐसे छुपा लेती जैसे उन्हीं की बहन-बेटियाँ हों। खान-पान, सेवा-सुश्रूषा हर चीज़ का ख़याल रखती, प्रसव कराती, ख़ुद अपने हाथों नाल काटती।

ऐसे दो गृह बने—बाल हत्या संगोपन गृह और दूसरा बाल हत्या प्रतिप्रबन्धक गृह।

सावित्री स्वामी के इस कृत्य से आनन्दविभोर हो गई। वह उस्मान शेख़ के घर का एक भाग लेकर फ़ातिमा की सहायता से ऐसे शिशुओं के खाने-पीने रहने आदि की व्यवस्था करने लगी।

ऐसी ही एक ब्राह्मण औरत थी काशीबाई जो कुएँ में डूबकर आत्महत्या करने जा रही थी, जिसे सावित्री ने बचाया था और जिसका पिता अब उसे ले जाने से इनकार कर रहा था। सावित्री ने बड़े प्रेम और आदर से काशीबाई और उसके बच्चे को अपने साथ रखा।

गोरे गदबदे शिशु की आँखों में झाँका, कुछ अपनत्व-सा लगा फिर उसे गोद में ले लिया। नाम रखा—यशवन्त।

सन् 1869

जेठ की दोपहरी। चील की मानिंद मँडराता है बावरा मन। कोई बेकली है, कोई खलिश बनती है। बताए नहीं, क्या है वह? आख़िर एक बिन्दु पर ठिठकता है। उसे नायक चाहिए, उन्नायक चाहिए, राम और कृष्ण की तरह हवा-हवाई नहीं, ठोस।

शिवाजी! हाँ शिवाजी! जब जाति दुःस्वप्न में थी या सो रही थी, वह जग रहा था। निर्धूम आँच तो नहीं, मगर जितना था अपने-आप में मशाल था। वह ब्राह्मण-वैश्य नहीं, शूद्र था। उसका होना ही जाति के झूठे पाखंड को चूर-चूर करता था।

मशाल अब तक दूर-दूर जल रही थी। मन नहीं भर रहा था। पंवाड़ा लिखा जाने लगा। पंवाड़े की पेंग उन्हें ले जाती है रायगढ़—शिवाजी की समाधि पर, न कोई राह, न कोई पता-ठिकाना। जो था टटोल-टटोलकर जाना था। झाड़-झंखाड़ और टीलों से ढकी पड़ी थी समाधि।

'इसे सदर दरवाजा होना चाहिए। आगे एक पोखर...अगर यह वही स्थान है तो इसे गंगासागर तालाब होना चाहिए। खल्वतखाना, ढहा पड़ा राजमहल, रानीमहल, ये दरबार होना चाहिए, वो बाजार...।

'यह जगह कभी गुलजार रहा करती होगी। घोड़ों की हिनहिनाहटों,

तेगों-तलवारों की खनखनाहटों, भालों की चौंध और पता नहीं कितने अस्त्र-शस्त्रों से...।' एक महल से दूसरे में, एक ढाँचे से दूसरे में, दूर-दूर टहल रहे हैं, गिलहरियों, गिरगिटानों, सँपोलों आदि से बच-बचाकर कहाँ ढूँढ़ें? कौन बताएगा? साथ आए मित्र बताते हैं, "कुछ पत्थर घेरकर रखे हुए हैं, शायद वहाँ कुछ हो।"

संगी-साथियों के साथ पत्थरों को हटाते हैं। पोखर का पानी लाकर धोते हैं। जंगली फूल लाकर, अर्पित कर, चढ़ाकर, हाथ जोड़कर खड़े हो जाते हैं।

तभी किसी त्रिपुंडधारी पुजारी की डाँट गरजती है, "कौन हो तुम लोग?"

लात मारकर पूजा सामग्री बिखेर दी जाती है।

फूहड़ गालियों के साथ कर्कश स्वर...!

"कौन हो तुम लोग? क्या इरादा है?" पूछता है त्रिपुंडधारी।

"हम शिवाजी का...!"

"मगर, तुम हो कौन? तुम्हारी हिम्मत कैसे हुई। बिना हमसे पूछे यहाँ तक आने की।"

"क्या शिवाजी के अवशेष...!"

"देखो, एक बात कान खोलकर सुन लो, अगर तुम शिवाजी का सिंहासन और खजाना ढूँढ़ने आए हो तो इरादा छोड़ दो। मैं सालों से खजाना ढूँढ़ रहा हूँ, मगर मुझे नहीं मिला।"

"मगर हमें तो मिल गया।"

"क्या...?"

"वही खजाना!" हँसकर कहा जोतिबा ने। प्रणाम किया और लौट पड़े।

पुजारी उस दल को दूर तक जाता हुआ देखता रहा। आश्चर्य! कुछ ले तो गए नहीं, फिर आए क्यों थे ये पगले। ज़रूर कोई गहरा मामला है।

कुछ दिनों बाद पुजारी के कानों में ढोल-मंजीरों की धुन पर पंवाड़े के गायन गाते हुए वे फिर आ धमके। कुत्ते की तरह कान कनमनाकर खड़ा हो गया वहाँ।

ख़जाना खोजते-खोजते बूढ़ा हो गया पुजारी। उन गाने-बजानेवालों की भीड़ के अलावा कोई हलचल नहीं। उसे आगन्तुकों की भीड़ की सारी जानकारी मिल चुकी थी। कई-कई वर्षों बाद बुढ़ापे में गिरता-पड़ता वह फिर आया। इस बार पता चला बाल गंगाधर तिलक और छत्रपति शाहूजी महाराज शायद आनेवाले थे या आकर जा चुके थे।

तिलक के सामने साष्टांग लेटा था पुजारी, "महाराज! आप जैसे शीर्षस्थ ब्राह्मण को पाकर हमारा जीवन धन्य हुआ आज। यहाँ शिवाजी के खजाने की खोज में कितनों ने प्राण गँवाए। वे शूद्र हैं, उन्हें तो नहीं, पर आप जैसे श्रेष्ठ ब्राह्मण को सावधान करना अपना कर्तव्य समझता हूँ। आप तो जानते ही हैं कि हर खजाने पर यक्ष का पहरा होता है, फुले की क्या-क्या दुर्गति न हुई। खुद मरा, पत्नी मरी, बेटा भी...मगर खजाना तो नहीं मिला...।"

वे चले गए।

पीछे से एक साथ आए व्यक्ति ने कहा, "उठो, पुजारी जी! तुम क्या जानो, उन्हें कितना बड़ा खजाना हासिल हो गया है। जिसको जितना चाहिए था, लेकर गए...!"

कोई बताता है, "इससे तो अच्छा होता आप रायसेन के किले में जाते, वहाँ पारस पत्थर है, स्पर्श मात्र से लोहा सोना हो जाता, यहाँ रायगढ़ के इस किले में एक जगह है, नीचे खाई है, जहाँ अपराधियों को नीचे धकेल देते थे।"

"कितनों ने प्राण गँवाए?"

"तुम नहीं जानते?"

"न...नहीं।"

"तो सुनो, वहाँ गिरकर प्राण देकर तुम यक्ष भले बन जाओ, न खजाना मिलेगा, न सिंहासन।" पुजारी हक्का-बक्का होकर ताकता रह गया।

तो शिवाजी के ख़ज़ाने की खोज का उपसंहार इस प्रकार हुआ।

सन् 1873

आदमी, आदमी से नफ़रत क्यों करता है?

क्यों ख़ुद को बड़ा या श्रेष्ठ दिखाना चाहता है?

नस्ल की बनावट में तो कोई भेद या पक्षपात नहीं किया भगवान ने। अब रंग का भेद तो भौगोलिक और प्राकृतिक है। कहीं कम किया तो दूसरी जगह भरपाई कर दी, नहीं भी भरपाई हुई तो तुम्हें घृणा करने का अधिकार किसने दिया? बुद्धि तो सबको दी चाहो तो आकाश की बुलन्दियाँ नाप लो, चाहो तो पाताल की गहराइयाँ, चाहो तो मुश्किलों को आसान कर लो या चाहो तो मुश्किलों में ठेल दो...चाहो तो उसे अमन-चैन से रहने दो, मगर नहीं चाहो तो इस दुनिया में सब मिल-बाँटकर रह लें, और न चाहो तो एक आदमी पूरी दुनिया की सम्पदा को भोगना चाहे तो भी कम पड़ जाए।

फ़ातिमा शेख़ ने जोड़ा, "कुरान शरीफ में ठीक ही लिखा है—हमने तुम्हें कितनी इनायतें बख्शी हैं, तुम किस-किसको ठुकराओगे? इतना छल-कपट बेईमानी लेकर कहाँ जाओगे? मर तो जाओगे ही एक दिन।"

सोते-जगते, उठते-बैठते बस एक ही धुन...'ऐसा क्यों है...और इसका निवारण कैसे होगा', बाहर से जो भी आता सबसे एक ही सवाल।

सावित्री जोती को पिछले कई महीने से देख रही है, खेती-बाड़ी बिला

रही है, ठेके पर काम बढ़ गया है मगर स्वामी का दिमाग हर समय गम्भीर।

जोती ने एक दिन पूछा, "सावित्री! मैं एक संस्था बनाना चाह रहा हूँ।"

"कौन-सी?"

"लोगों को जुटने दो, फिर बताता हूँ।"

24 सितम्बर, 1873 को पुणे में आयोजित हुई सभा। पुणे के अलावा बम्बई, कोल्हापुर, अहमदनगर और पता नहीं कहाँ-कहाँ के मित्र, कुल पचास से साठ लोग।

जोतिबा ने अपनी चिन्ता, दुविधा और संकल्प को संक्षेप में सभा के सामने पेश किया। दो दिनों तक समस्या और उसके हर पहलू पर विचार होता रहा। फिर निर्णय पेश किये गए—

1. ईश्वर एक ही है। वह सर्वव्यापी है। वह किसी गुफा, पहाड़ी, नदी, नाले या ब्राह्मण-पुरोहित के मन्दिर में बन्द नहीं है।
2. ईश्वर हिन्दू, मुसलमान, महार, ब्राह्मण आदि में भेद नहीं करता। उसे सभी मनुष्य समान रूप से प्रिय हैं।
3. सभी को ईश्वर की भक्ति करने का अधिकार है। ईश्वर और मनुष्य के बीच किसी बिचौलिये की आवश्यकता नहीं है।
4. मनुष्य जाति से नहीं, गुणों से श्रेष्ठ बनता है। ऊँची जाति में जन्मा मनुष्य श्रेष्ठ और कनिष्ठ जाति में जन्मा मनुष्य नीच होता है, यह भ्रामक विचार पुरोहितों का फैलाया हुआ है।
5. कोई ग्रंथ ईश्वर द्वारा रचित नहीं है।
6. ईश्वर अवतार नहीं लेता।
7. पुनर्जन्म, कर्मकांड, जप-तप अज्ञानतामूलक है।
8. संस्कृत, वैदिक ऋचाएँ और मंत्र मिथ्या हैं, न ईश्वर की कोई एक विशेष भाषा है, जिसे वह समझता है।
9. विवाह के खर्च कम हों और बिना किसी दलाल के बिना संस्कृत जैसी अबूझ भाषा के मातृभाषा में सम्पन्न हों। क्रिश्चैनिटी, इस्लाम, गुरुनानक देव, सभी धर्मों, महापुरुषों का सार यही है। हिन्दू धर्म का भी। फिर ब्राह्मणों को ही मिर्ची क्यों लगती है।

संस्था के मुख्य लक्ष्य भी निर्धारित कर लिये गए :

1. ब्राह्मण शास्त्रों की मानसिकता और धार्मिक गुलामी से लोगों को मुक्त करना
2. ब्राह्मण, पुरोहितों द्वारा किया जानेवाला शोषण बन्द करना
3. शिक्षा का प्रचार-प्रसार
4. स्त्री-शिक्षा
5. अछूतों का उद्धार कर छुआछूत नष्ट करना
6. स्त्री जाति के अधिकारों की रक्षा करना
7. दीन, शिशुओं, तथा अन्धों के प्रति सहानुभूति
8. सत्याचरण और सत्य निष्ठा को अपनाना

काम काफ़ी बढ़ गया था। बिना बिचौलिये या पुरोहित के शादी-ब्याह या पूजा-वूजा के कर्म होने लगे थे। जोती ख़ुद मराठी में शादियों का संचालन करते। एक नये समाज की संरचना के लिए तरह-तरह के कामों का फैलाव था। एक तरह से यह एक जागरण-अभियान था, अब इस अभियान को गति देने के लिए एक समाचार-पत्र की कमी महसूस होने लगी थी। बड़ौदा महाराज सयाजीराव गायकवाड़ ने वित्तीय सहयोग किया और अगले महीने अख़बार बाज़ार में आ गया।

जोती सोच रहे थे—समाज में कोढ़ की तरह फैले नशे, कुसंस्कार, छुआछूत...यह तो अच्छा है कि बड़ौदा महाराज जैसे संरक्षक मिल गए हैं, जिनके विचार मुझसे मिलते हैं। जब भी ज़रूरत हुई, मैंने हाथ फैलाए और उन्होंने खाली हाथ लौटने नहीं दिया।

कट्टर विरोधियों द्वारा अपप्रचार करने के बावजूद 'सत्यशोधक समाज' का सत्य लोगों के सिर पर चढ़कर बोलने लगा। लोगों ने धीरे-धीरे समझना शुरू किया कि 'सत्यशोधक समाज' ब्राह्मण जाति का विरोधी नहीं है बल्कि धर्म के नाम पर ठगनेवाले ब्राह्मणों की प्रवृत्ति का विरोधी है। स्वभावत: ही बड़ी संख्या में सदाशिव राव गोवंडे, सखाराम परांजपे, विनायक बापूजी भांडारकर,

शिवराम दातार, वालवेकर जैसे ब्राह्मण इसके सदस्य बनते गए। यह संख्या तीन सौ को पार कर गई।

'सत्यशोधक समाज' की स्थापना से कट्टर ब्राह्मण-समाज को पहली बार झटका तब लगा जब उसके अनुसार किसी भी पूजा या वैवाहिक अनुष्ठान में किसी भी बिचौलिये का निषेध सामने आया। यहाँ बालाजी केशव पाटिल नामक एक सत्यशोधक ने ब्राह्मण पुरोहित के बिना ही अपने पुत्र का विवाह किया। मुक़दमा दायर हो गया। आरोप था—

1. ऐसे विवाह से ब्राह्मणों का अधिकार छिनता है।
2. विवाह में मिलनेवाली दक्षिणा में से ब्राह्मण समुदाय की दक्षिणा के बन्द हो जाने से उनकी क्षतिपूर्ति...।

बम्बई उच्च न्यायालय ने निर्णय दिया कि जब दूसरी जाति के लोग बिना ब्राह्मण, पुरोहित के शादी कर सकते हैं तो बाक़ी जातियों के लोग क्यों नहीं कर सकते? और अगर ब्राह्मण पुरोहितों की विवाह में कोई भूमिका ही न बची हो तो उनकी दक्षिणा का सवाल कहाँ रह जाता है?

'सत्यशोधक समाज' की लोकप्रियता दूर-दूर तक फैलती चली गई। नौकरियाँ छोड़कर लोग स्वयंसेवक बनने लगे। सत्यशोधक समाज का अपना कोई प्रचार समाचार-पत्र नहीं था। कृष्णराव पांडुरंग भालेकर न्यायालय की लिपिक की नौकरी छोड़कर सन् 1874 से ही 'दीनबन्धु' पत्र निकालता रहा। यह अख़बार पुणे से निकलता था और बाद में भी निकलता रहा।

सन् 1875 आ गया।

ब्रह्म वीथी पर एक नई आलोड़नकारी सूचना सम्प्रसारित हुई। आर्य समाज के संस्थापक स्वामी दयानन्द सरस्वती बम्बई से पुणे आ रहे हैं। आमंत्रण था माधव राव रानाडे का, जाति-भेद और मनुष्य-भेद के अँधेरे के विरुद्ध। उनकी वाणी में वेदों की चमक थी। इतना गहरा आत्मविश्वास कि लोग मुग्ध हो जाते। बड़े-बड़े दिग्गज उनके प्रशंसक। सामान्य लोगों को उनकी बातें इसलिए सहज सुबोध लगतीं कि उनके पास वेदों का साक्ष्य था। कट्टर ब्राह्मण वेद के साक्ष्य को उगल सकता था न निगल सकता था। जोतिबा को भी स्वामी जी की बातें कहीं चुभ ज़रूर रही थीं लेकिन फौरी तौर पर उसकी ज़द में आने से ख़ुद को रोक न सके। एक आभामंडल भी था सम्भवतः। 5 सितम्बर, 1875 को स्वामी जी की शोभायात्रा निकली। शोभायात्रा में दो हाथी चल रहे थे, एक पर वेद, अगल-बग़ल स्वामी जी, रानाडे, जोतिबा आदि विशिष्ट जन। विचित्र अन्तर्विरोध में थे ब्राह्मण चूँकि बात वेदों की थी, सीधे-सीधे इनकार नहीं कर सकते थे। क्या करें? उन्होंने विरोध की एक युक्ति निकाली। स्वामी जी की शोभायात्रा के विरोध में शोभायात्रा। कट्टरपन्थी हुड़दंगियों की इस शोभायात्रा में एक गधे को सजाया गया था : गर्दभानन्द। दोनों शोभायात्राएँ आमने-सामने हुईं कि गदहे द्वारा खुरों से धूल उलीची जाने लगी।

वेदों की जातिभंजक शोभायात्रा में भगदड़ मच गई। रानाडे को पहले से ही इस विघ्न का अन्देशा था सो उन्होंने पुलिस का बन्दोबस्त कर लिया था। पुलिस के प्रहार से उपद्रवियों के मनसूबे नाकाम हो गए। धोतियों में उलझते, गिरते-पड़ते भाग चले भूदेव!

रात में स्वामी जी की शोभायात्रा पर चर्चा चली। जोतिबा ख़ुश थे। रानाडे और दयानन्द की प्रशंसा में जुलूस का हाल बताने लगे। अगर कोई ख़ुश न था तो वह थी सावित्री।

"अब तुम्हारा मुँह क्यों फूल गया?" पूछ बैठे जोती।

"तुम तो वेदों के विरुद्ध थे न? तुम्हारा इतने उत्साह में आना ठीक-ठीक समझ न पाई।"

नींद के आगोश में जोतिबा ने सुना नहीं।

शोभायात्रा में हंगामे को लेकर ब्रह्म वीथी में भी चर्चे हुए। स्वामी जी की शोभायात्रा की खिल्लियाँ उड़ीं। मगर सबसे ज़्यादा धूल और खिल्लियाँ जोती के दिमाग़ में अक्सर सोते-जगते चौंक-चौंक उठतीं। इस वेदवादी, ब्रह्मवादी शोभायात्रा में शामिल लोग कौन थे? स्वामी दयानन्द, रानाडे, सावरकर, रामजी सकपाल आदि। सभी वेद की दरारों को नज़रअन्दाज़ करनेवाले वेदवादी। क्या इन्होंने वेद पढ़े हैं? क्या जातिवाद और मिथ्यावाद, पाखंडवाद की गंगोत्री, उसी आर्य समाज की गंगा, इन्हीं गंगोत्रियों से नहीं निकलती है? कहीं प्रकट है, कहीं गुप्त। ऐसे नरमदिल वालों से उनका सफ़र कहाँ तक महफ़ूज़ रह पाएगा।

सन् 1876 का अकाल।

न खाने को अन्न, न पीने को पानी। दिन-ब-दिन अकाल की छाया गहराने लगी थी। फसलें तो फसलें, कुएँ और जलाशय तक सूख गए थे। माल-मवेशियों की जान पर बन गई। एक-एक करके लोग जाने लगे थे। मौत हर जगह मुँह बाए खड़ी थी। देह में सिर्फ़ हड्डियाँ बची थीं। साहूकार, लोगों की मदद करने को कौन कहे, उनका शोषण करने लगे थे। सावित्री और उसके साथियों ने रात देखी और न दिन, स्थिति को सँभालने में लगे रहे।

20 अप्रैल, 1877 को सावित्री ने जोती को पत्र लिखा। पत्र क्या था, कलेजा सीधे मुँह को आ रहा था—

20 अप्रैल, 1877
ओटर जन्नूर
सत्यमूर्ति, जोतिबा मेरे स्वामी,
सावित्री का सलाम!

1876 चला गया। लेकिन अकाल नहीं...अपने अति विकराल रूप में यह अब भी मौजूद है। लोग मर रहे हैं। जानवर मर रहे हैं। ज़मीन पर गिरे पड़े हैं।

भोजन की भारी कमी है। जानवरों के लिए चारा नहीं है। लोग अपने गाँव छोड़कर जाने को मजबूर हो रहे हैं। कुछ लोग अपने बच्चे और कम उम्र की बेटियों को बेच रहे हैं। नदियाँ, सोते, तालाब पूरी तरह से सूख गए हैं। पीने का पानी तक नहीं। पेड़ नष्ट हो रहे हैं। पेड़ों पर पत्ते तक नहीं बचे हैं। बंजर जमीन में दरारें पड़ गई हैं। सूरज तप रहा है, जला रहा है। लोग भोजन और पानी के लिए कराह रहे हैं। जमीन पर गिर-गिरकर मर रहे हैं। कुछ लोग जहरीले फल खा रहे हैं और प्यास बुझाने के लिए अपनी ही पेशाब पी रहे हैं। वे खाने और पानी के लिए रोते हैं और मर जाते हैं। हमारे सत्यशोधक स्वयंसेवियों ने जरूरतमन्द लोगों को खाना और जीवन रक्षक वस्तुएँ उपलब्ध करवाने के लिए कमिटियाँ बनाई हैं। उन्होंने बचाव दलों का गठन भी किया है।

भाई कोंडाज और उनकी पत्नी, उमा बाड़े मेरा अच्छा खयाल रख रहे हैं। ओटर के शास्त्री, गणपति सखाराम, डुम्बरे पाटिल और दूसरे लोग आपके पास आने की योजनाएँ बना रहे हैं। अच्छा होगा आप सतारा से ओटर आ जाएँ और फिर अहमदनगर जाएँ।

आपको आर.बी. कृष्णपन्त और लक्ष्मण शास्त्री याद होंगे। वे मेरे साथ प्रभावित इलाकों में गए। और उन्होंने पीड़ितों की रुपये-पैसों से भी मदद की है।

साहूकार दुष्टतापूर्वक इन हालात का फायदा उठा रहे हैं। अकाल के कारण बहुत बुरी-बुरी बातें हो रही हैं। दंगे-फसाद हो रहे हैं। कलेक्टर ने जब इसके बारे में सुना तो वह हालात को सामान्य करने आए। उन्होंने गोरे सिपाहियों को तैनात किया और हालात पर काबू पाने का प्रयास किया। पचास सत्यशोधकों को गिरफ़्तार किया गया। मैंने कलक्टर से पूछा कि इन भले स्वयंसेवियों को झूठे आरोपों में क्यों पकड़ा गया है। मैंने उनसे कहा कि उन्हें तुरन्त छोड़ना चाहिए। कलेक्टर निहायत ही शरीफ और निष्पक्ष थे। वे गोरे सिपाहियों पर चिल्लाए, "क्या पाटिल किसान डाके डालते हैं? उन्हें आजाद करो।" कलक्टर साहब लोगों की हालत से बहुत ही द्रवित हुए। उन्होंने तुरन्त ज्वार से भरी चार बैलगाड़ियाँ रवाना कीं।

आपने गरीबों और जरूरतमन्दों के लिए उदार और कल्याणकारी कार्यों की शुरुआत की है। इस जिम्मेदारी में मैं भी हाथ बँटाना चाहती हूँ।

कामना करती हूँ कि इस पवित्र कार्य के द्वारा अधिक-से-अधिक लोगों की सहायता की जाए।

मैं और कुछ नहीं लिखना चाहती।

आपकी,
सावित्री

वाक्य रीत गए थे, "मैं और कुछ नहीं लिखना चाहती।" इन आँखों के आँसू उन आँखों में उतर आए थे।

जोती ने डबडबाई आँखें ऊपर उठाईं। समाज के कुछेक सदस्य जो उन्हें घेरकर बैठे हुए थे, डर गए।

जब अपने देश के लोग इस तरह मर रहे हों, हम शान्ति से बैठ कैसे सकते हैं। आनन-फानन में लोग राहत कार्य के लिए जहाँ-तहाँ बिखर गए।

समाज की ओर से पुणे, अहमदनगर, मिरज, कोल्हापुर, बम्बई के मेहरबान सदस्यों को सन्देश भेजा गया—

समाज के आदेश के अनुसार आप लोगों को नम्रतापूर्वक यह सूचित किया जा रहा है कि समाज द्वारा विक्टोरिया बाल आश्रम की स्थापना की गई है। अकालग्रस्त लोग अपने बाल-बच्चों को घरों पर ही छोड़कर जाने लगे हैं और उसी के परिणामस्वरूप इन्दापुर, मिरज और तासगाँव की ओर के ब्राह्मणों को छोड़कर बाकी सभी जातियों के बेसहारा लोग अपने बाल-बच्चों को लेकर इकट्‌ठा हैं। सभी को कभी-कभी दो-दो, तीन-तीन दिनों तक अन्न का एक दाना भी नसीब नहीं होता है और भूख से तड़फड़ाते रह जाना पड़ता है। इसलिए अब उनकी केवल हड्डियाँ बची हुई हैं। इसके अलावा, कपड़े-लत्तों के बिना वे कितने बेहाल हैं कि उनका यहाँ ब्योरेवार जिक्र करने में भी मुझे बड़ी पीड़ा होती है। इसलिए इस सूचना को देखते हुए आप सभी सदस्यों और अन्य सभी दयालु सज्जनों से निवेदन है कि

अपनी सामर्थ्य के अनुसार कुछ-न-कुछ मदद भेजने की जल्दी की तो इसका मतलब यही होगा कि आप लोगों ने इस समय अपना फर्ज अदा करके बड़ी मेहरबानी की है।

औरत सिसकती हुई पाँव पकड़कर बैठ जाती है।

"पाँव छोड़ो, बेटी! छोड़ो पाँव।" उठाकर खड़ी करती है।

"अँधेरे में दो-दो भूतनियाँ।"

"बाई, संगोपन गृह बन्द हो चुका है?"

"क्यों?"

"मेरी भी वही समस्या है।"

"ओह...! ये कौन है? इसकी भी...?"

"नहीं, बहन है।"

"मदद माँगने आए थे, माफ करें, हमें मालूम नहीं था, आप खुद..."

"क्या है? अरे, बेच देंगे खुद को विश्वामित्र की तरह। तुमने देखा नहीं सत्य के लिए...?"

"आओ! एक बाखरी भी होगी तो आधी तुम्हें खिलाएँगे, आधी हम माँ-बेटी।"

"देखो, रोना नहीं, रोना नहीं और ये तुम्हारी सखी...क्या नाम है...सुभद्रा।"

"जी...।"

"तुम घर लौट जाओ।"

दीये से दिखाकर दूर तक विदा कर आई, फिर दीये को द्वार पर रख कर हाँड़ी टटोली, बगल की पड़ोसन को पुकारा, "अरी, मंगला, दो मुट्ठी जोआरी दे जाना तो...।"

सावित्री ने देखा, कुछ वरिष्ठ लोगों के साथ जोतिबा ने घर में क़दम रखा। सबके लिए गुड़-पानी आया। इधर-उधर की बातों के बाद एक पकी दाढ़ी-मूँछों

वाले सज्जन ने कहा, "तात्या! तुम्हारे चलते कभी हम सब भारी मुसीबत में पड़ जाएँगे।"

कान खड़े हो गए सावित्री के, बाहर क्या होता है, इसकी जानकारी उसे नहीं रहती, फिर भी उत्सुकतावश खड़ी हो गई।

"घबराएँ नहीं, 1876 से मैं नगरपालिका का सदस्य रहा, पाँच साल और झेल लीजिए, काका! अरे, गवर्नर साहब का सम्मान ही करना है, न। उसमें एक हजार रुपये क्यों फूँके जाएँ? बल्कि इस निधि को बच्चों की शिक्षा में क्यों न खर्च किया जाए?"

"अरे, भैया! वह पैसा हम दुकानदारों से पहले कलेक्ट कर लेते।"

"क्यों, गरीब दुकानदारों से क्यों?"

"तुम्हें हर चीज पर आपत्ति है।"

"हर चीज पर नहीं, हर गलत चीज पर..."

"कल को बुरा मान गए तो...?"

"तो आपको गोली से उड़ा देंगे, यही न...घबराइए नहीं, सबसे आगे मैं रहूँगा।"

मन्दिर-प्रांगण में जहाँ से छह-छह राहें फूटकर आगे अपनी-अपनी दिशाओं में चली जातीं, वहीं मराठा भी आता और हवा उड़-उड़कर आती-जाती दूसरी ख़बरें भी...। रमाबाई को पहले ही ख़बर मिल गई कि जोतिबा अपने मित्र रानाडे साहब के पास गए हुए हैं। कारण, एक तो रानाडे की विधवा बहन न तो केश मुड़वाएगी न ही दूसरा विवाह करेगी, लेकिन हाँ, विधुर रानाडे का विवाह हो रहा है। दुल्हन की आयु ग्यारह वर्ष है, और बाक़ी ये...ये...ये...। जितनी भी ख़बरें उड़ रही थीं, उनमें सबसे मज़बूत ख़बर यह थी कि रानाडे के घर से जोती की तेज़-तेज़ आवाज़ें आ रही थीं। लगता है दोनों में किसी बात को लेकर विवाद मचा हुआ है।

"दो वर्ष हो गए, पूरे दो वर्ष, अभी तक विधवा बहन के विवाह का कोई इन्तजाम न कर सके।" जोती रानाडे को लताड़ रहे थे।

"तुम नहीं समझोगे जोती, मैंने उसका केश-वपन नहीं होने दिया। इसी को कैसे-कैसे तो रोक पाया। तुम इन ब्राह्मणों को नहीं जानते अभी।"

"विधुर भाई का दो महीने में ही...और उससे बड़ी बहन का दो वर्षों में भी नहीं हो सका विवाह।"

"तुम क्या समझाओगे मुझे।"

"दो बरस क्या, दो सौ वर्ष भी लग जाएँ, पर बहन का ब्याह नहीं हो सकता, ब्राह्मण न है।"

"तुम ब्राह्मणों से वे शूद्र ही अच्छे।"

"माना कि मैं 32 बरस का हूँ, मेरी पत्नी 11 की, तुम शूद्र मैं ब्राह्मण, फिर भी 11-12 और नौ का ही फर्क तो रहा।"

"यह सब तुम ब्राह्मणों के कारण..."

विधवा बहन चाय लेकर आई। श्वेतवसना, अभी जवान भी नहीं हो पाई, ठीक से, मुँह फेरकर रोने लगी, "भैया...बन्द करो यह चर्चा, तुम्हारे आगे हाथ जोड़ती हूँ। मुझे नहीं करना ब्याह-व्याह। इससे तो अच्छा है मेरा गला घोंट देते।"

"बहुत क्रोध है न? चहा (चाय) तो पीते जाओ।" रानाडे ने शान्त कराना चाहा।

"क्रोध तो ऐसा है कि...मन खट्टा हो गया।" जोती शान्त नहीं हुए।

"कोई एक गर्भवती है, एक तुम्हारी ये रोती हुई जो अभी-अभी गई है, 'मार डालो मुझे', यह कहते हुए...

"दूसरी एक वह जिसे अभी 11 साल की दुल्हन बनाकर ले आए हो। इन बेचारियों की नियति एक जैसी क्या आगे-पीछे साध्वियाँ बनाकर... धर्मशास्त्रों को धोखते-धोखते जीवन, यौवन के आनन्द का सारा सत्व गुजार दें, अँधेरे में घुट-घुटकर मर जाएँ। कोई उस पर आसक्त हो, कोई गर्भवती हो जाए, कोई डूब मरे, एक नहीं, दो नहीं, तीन नहीं, नहीं चार-चार...क्षमा करो, मित्र! क्षमा, मैं यहाँ जीवन का उत्सव देखने आया था, मृत्यु का रोना रोने नहीं। पर हमारा यह कैसा धर्म है कि जीवन का सारा सत्व सोख ले... एक ही सूत्र की मौतें...?"

"मैं तो उसके विरुद्ध था पर पिता...!" रानाडे की बकार फूटी।

"अच्छा होता, यह सब करने के पीछे तुम समाज-सुधारक का यह मुखौटा उतार देते।" जोती ने कहा और दनदनाते हुए निकल गए। पूरे रास्ते सोचते रहे—बाल-विवाह रोकने चले थे, और खुद करके आ गए। धन्य हो गए। दो-दो समाज सुधार कर आए, शत-प्रतिशत ब्राह्मण, शत-प्रतिशत शास्त्र-सम्मत। ब्राह्मणों ने इसीलिए तो कहा कि वैदिकी हिंसा हिंसा न भवति!

जन-समाज में मदिरा के दुष्प्रभाव को रोकने के लिए पुणे नगरपालिका से लड़कर मदिरालयों पर प्रतिबन्ध करवाया। ऐसे छिटपुट कितने काम थे जो जोती करते रहते। पर मन को किसी भी प्रकार से सन्तोष न होता। कोई शत्रु था जो परेशान कर रहा था, जिसके खुरों से उलीची गई धूल आँखों में किरकिरा रही थी। सबसे बड़े शत्रु थे ब्राह्मण या ब्राह्मणों का ब्राह्मणवाद। उन्होंने ईश्वर का बताकर कितने विधि-विधान और झूठ के पुलिन्दे गढ़ डाले। वे भूदेव बने बैठे थे। आमजन की धारणा बन गई थी कि ब्राह्मणों को दिया गया भोजन-पानी सीधे ईश्वर को मिलता है कि उनके मुख से निकला हर वाक्य भगवान का वाक्य है। वाह रे भूदेव! ईश्वर के नाम पर लूटने का कितना सरल उपाय है! ख़ुद ही ईश्वर तक पहुँचने और पहुँचाने के निमित्त बन बैठो—अहं ब्रह्मास्मि।

जब मैं ही ब्रह्म हूँ, फिर और किसी से कुछ पूछने की क्या ज़रूरत...?

आज रमाबाई आईं। अकेले नहीं दल-बल के साथ। दरवाज़े के बाहर इंस्पेक्शन के अन्दाज में सब-की-सब खड़ी हो गई। अन्दर से सावित्री निकलीं। पंडिता ने गौर से देखा—गेहुँआ वर्ण। मँझोला कद। मामूली कपड़े। गले में मंगलसूत्र जैसी कोई माला—काले-काले मनकों की। इसके सिवाय कोई आभूषण नहीं। प्रातः ही घर की साफ़-सफ़ाई, स्नान आदि से निवृत्त। मस्तक पर लाल कुमकुम। बालों की लटों में सफेदी झाँकती हुई। चेहरे पर रहस्यमयी चमकती हुई मुस्कान।

यह है देश की पहली महिला शिक्षिका। शून्य से शतक तक का सफर करनेवाली। वह औरत ख़ुद से भोजन पकाती है, पति का ख़ासा ख़याल रखती है। हिन्दू पत्नियों-सी पवित्रता का ख़ास ख़याल रखती है। पर, हिन्दू नहीं। ख़ुद को घूरता पाकर सावित्री सकुचा गई, "आप शायद पंडिता रमाबाई जी हैं?"

"हाँ, सही समझा, ये आनन्दी बाई जोशी, इन्हें पहचानती होंगी, ये रमाबाई रानाडे! और ये हमारी सहेलियाँ..."

अभिवादन का परस्पर आदान-प्रदान हुआ।

"मेरा सौभाग्य, आप लोग रुक क्यों गईं? आइए ना..." सावित्री ने कहा।

"पहले नयन भरकर देख तो लेने दो कि क्या यह वही सावित्री है जो मुर्दों में जान फूँकती है, मरे हुए को भी मृत्यु के मुख से छीन लाती है। जिसने महिला स्कूल खोले, जिसने विधवालय खोले, जिसने अवैध सन्तानों के आश्रम खोले, सब कुछ, सब कुछ।"

"नज़र लग जाएगी।" सबसे युवा महिला रमाबाई रानाडे ने चुलबुले अन्दाज़ में कहा।

"वह इतनी विराट है कि नजर कहाँ-कहाँ लगेगी?"

"आप वही रमाबाई हैं जिन्होंने उपनिषदों को कंठस्थ किया है, जिन्होंने सनातनी कट्टरता को ध्वस्त किया है, जिन्होंने केशवचन्द्र सेन और सारे विद्वानों को चुप कराया है।"

"बस...बस।" पंडिता रमाबाई ने झेंपते हुए कहा।

पंछियों की तरह से भरभराकर कमरे के अन्दर दाख़िल हो गईं और खाट, पीठिका, चौकी, ज़मीन, जिसको जहाँ जगह मिली, बैठ गईं। पहले गुड़-पानी आया, फिर शीरे का शरबत।

"मेरी प्यास इन सबसे तृप्त होनेवाली नहीं है।" पंडिता ने कहा, "पहले बताओ, तात्या कहाँ हैं? मेरा मतलब, हमारी सावित्री के सत्यवान जोतिबा से है।"

"सत्यशोधक समाज के विस्तार के लिए बम्बई गए हैं। वे नहीं हैं तो क्या हुआ, मैं तो हूँ। बताइए, क्या सेवा करूँ आपकी!"

"मुझे अपनी प्रयोगभूमि...दिखा दो।"

आगे-पीछे चलकर महिलाओं का यह दल विधवा आश्रमों में पहुँचा, "कितने हैं...?"

"अभी तो 35 हैं यहाँ।"

"क्या इनमें सभी की सभी प्रेग्नेंट, आई मीन गर्भवती रहीं?"

"जी..."

एक को परिचारिका पकड़कर प्रसव-कक्ष में ले जा रही थी। सावित्री ने कहा, "क्षमा करें, मैं अभी आई।"

वह लौटकर आई, तो पूछा, "इनका प्रसव कौन कराएगा?"

"वैसे तो नर्स को आ जाना चाहिए था। खबर भिजवा दी थी।"

"और नर्स नहीं आई तो...?"

"तब मुझे खुद नर्स बनना पड़ता है।"

"नाल कौन काटता है?"

"मैं...!"

सबकी आँखें फैल गईं, "तुमने प्रशिक्षण लिया है?"

"सीखा। करते-करते आ गया है। हर एक जान कीमती है।"

"यह है हमारा समाज! औरतों को भोगकर, गर्भ ठहरने पर हाँककर छोड़ दिया सड़क पर। सावित्रीबाई ने उनके लिए शेल्टर होम न खोला होता तो...?"

"क्या ये सभी ब्राह्मण हैं?"

"सभी..." जवाब देकर वह प्रसूति कक्ष में चली गई।

"मैंने सावित्री जैसी दयालु महिला नहीं देखी।" एक लड़का बता रहा था।

एक शिशु को कलेजे से चिपकाए सावित्री। औरतों ने एक-दूजे को देखा।

इस बार दूर से 'के हाँ ऽऽऽ' शिशु के रोने की आवाज आई।

शायद प्रसव हो चुका था। सावित्री नाल काटकर हाथ धोकर अँगोछे से पोंछती हुई आई।

"माफ करेंगी। मैं जरा..." सावित्री ने कहा।

"माफी तो हमें माँगनी चाहिए। आपके काम में खलल डाला।"

सावित्री ने जवाब नहीं दिया। उसका ध्यान एक नवजात बच्चे को गोदी में ला रही औरत पर पड़ा। उसने बच्चे को अपने हाथ में लिया।

बच्चे ने दूध की उल्टी कर दी थी। सावित्री ने उसे पहले उँगलियों से फिर अँगोछे से पोंछा, जरा भी घिनाई नहीं और उस औरत को सावधान किया, "अभी बहुत नाजुक है। गला और गर्दन सँभालकर...। इसे दूध पिला दें।"

"किसकी छाती में है?" प्रश्न झूलने लगा।

"वो औरत जिसका बच्चा परसों मर गया था।" औरत ने जवाब दिया।

"उसे दे दो...।"

"सुना, 'गुलामगिरी' के काफी चर्चे हैं।"

"क्या पता?"

"एक प्रति मुझे दे सकती हैं, खरीदूँगी।"

सावित्री ने 'गुलामगिरी' की एक ताजा प्रति रमाबाई को थमाई, "आपसे दाम कौन लेता है!"

"फिर भी...!"

"अच्छा बाबा।" मुस्कराकर 'गुलामगिरी' को बैग के हवाले किया।

यह सिलसिला चलता रहा। आगे चलकर पाँव थिरकने लगे थे।

और यह पंवाड़ा...। पहली नज़र में यह भी बेतुका लगा। फिर एक पंवाड़ा गानेवाले लड़के को बुलाया। उसने गाकर जो सुनाया तो रस आने लगा। यह रस महाराष्ट्र की शैली है। इसी तरह महार, महाअरि। गुलामी की परतें खुलती गईं। 'गुलामगिरी' की व्याख्या करती गईं रमाबाई—

'तीन हज़ार साल से भी ज़्यादा समय पहले ब्राह्मण या द्विज, ईरान या विदेश से आए। कई-कई सवर्णों ने जल मार्ग से आने के कारण इनके नाम गोत्र जलीय जीवों जैसे रखे। उन्होंने यहाँ के कमज़ोर या मन्दबुद्धि लोगों को जीता, गुलाम बनाया। फिर ख़ुद को श्रेष्ठ बताया और इसे ईश्वर के मुख से कहलवाया, 'यही धर्म है, यही ईश्वर की आज्ञा है'। ऐसा कहा निजी हितों की रक्षा के लिए। उनके भोजन और इसको सीमित रखा। ग़ुलामी पुख़्ता होती रही—ग्रंथों में बन्द कर दिया। यह ग़ुलामी अफ्रीका, लैटिन अमेरिकी देशों के निवासियों पर लादी गई ग़ुलामी से कहीं ज़्यादा ख़तरनाक थी। क्योंकि वहाँ धर्म और ईश्वर को हथियार नहीं बनाया गया था, पर यहाँ ब्रह्मा ने स्वयं कहा है, ऐसा प्रचारित किया। यह ईश्वर ने कहा है, यह ईश्वरीय इच्छा है,

एक से बढ़कर एक झूठ, छल और प्रपंच, अन्दर-अन्दर घृणा। एक था परशुराम। उसने ढूँढ़-ढूँढ़कर क्षत्रिय मारे। कहते हैं ऐसा 21 बार किया। माँ तक को मारा। मातृ हत्यारा। उसने बड़ी बेरहमी से क़त्ल किया। खदेड़-खदेड़कर मारा। वे हाथ जोड़कर विनती करती रहीं, गर्भवती रही महिलाएँ रिरियाती रहीं, प्रताड़ित होती रहीं लेकिन नहीं छोड़ा तो नहीं छोड़ा। उनके 'मोरल' को हर तरह से कुचला। ख़ुद ही संहारक, ख़ुद ही उद्धारक बने रहे। आनेवाली पीढ़ियाँ कभी सोचेंगी तो हैरान रह जाएँगी कि एक अपराधी, क्रिमिनल को देवता बताया जा रहा था। परशुराम के अलावा 'गुलामगिरी' के और भी मिथक हैं। नरसिंह, हिरण्यकश्यप, हिरण्याक्ष और प्रह्लाद आदि। वेद-मंत्र से, जादू-टोने से भगवान और 'मनुस्मृति' रची।

'इन ग़ुलामों में एकता न क़ायम हो जाए। जाति रची और ऊँच-नीच बनाए गए। ज़हर देखें कब उतर पाता है। ऐसे-ऐसे छल किये कि वे अपने संहारक को ही अपना उद्धारक मानने लगे।

'अब बताओ, इसके पहले किसी ने ऐसी सिंपल-सी बात क्यों नहीं सोची कि ब्रह्मा के चार मुख और मुख में गर्भाधान सम्भव नहीं। अब सँभालो अपने सच को...?

'उन्हें ईश्वर से भी श्रेष्ठ समझा गया। ऐसे-ऐसे ग्रंथ रचे कि स्वयं ईश्वर भी उनकी पूजा करता है। ग़ुलाम तो और भी रहे हैं इतिहास में। यहीं देख लो, अमेरिका के लोगों ने सैकड़ों साल से चल रही ग़ुलामी की प्रथा को समाप्त कर उन्हें आज़ाद किया या नहीं। हथेलियों से सूरज को नहीं ढका जा सकता।

'मैं ऊँची जाति की महिलाओं पर सोच रही हूँ, यहाँ उसका एक नया आयाम मिल रहा है। इन्हें कितनी जल्दी विवाहित कर यौन संसर्ग कर बर्बाद कर दो। छोटी ज़ाति की औरतें तो फिर भी कुछ स्वतंत्र हैं। मेरी आँख खुल रही है। जाति, धर्म, यौनिकता और आर्थिक स्वावलम्बन का अभाव...। कभी तो इनसान को इनसान माना होता।'

उनके जाने के बाद जोती लौटे तो रमाबाई के आने की बात सुनकर बोले, "इसे देखो, यह है वह औरत जिसने औरतों को दासता की बेड़ियों को तोड़कर दिखा दिया कुछ भी कठिन नहीं है—देखो। पहले जाति का बन्धन तोड़कर खुद से छोटी जाति से विवाह किया। धर्म के असली मर्म को समझा। मनुष्य की न जाति है, न धर्म। हम-तुम जिसे करने में हिचकते रहे, चलो वह भी ठीक था, उस धर्म को इंग्लैंड जाकर एक झटके से तोड़ दिया। क्रिश्चैनिटी अपना ली। बपतिस्मा करा लिया। फिर नाम हुआ 'मैरी रमा'। लोगों की छाती पर साँप लोटने लगा। फिर औरतों के लिए नारी निकेतन, क्या तो, हाँ, 'शारदा निकेतन' हम सबसे एक क़दम आगे जाकर 'वेश्या पुनर्वास'—संस्कृत की पंडिता, पर न भाषा का ग़रूर, न और किसी चीज का। दस भाषाएँ जानती हैं।"

सावित्री ने कहा, "एक बात बताई नहीं, उनके साथ आई एक औरत, क्या नाम था, भूल गई। खैर, हाँ तो उसने मुझे आशीर्वाद दिया, 'सौभाग्यवती भव'।"

हँसने लगे जोती, "हाँ, तो...?"

"डाँट दिया रमाबाई ने, 'देखा...पति के खूँटे से बाँध दिया! पति जीवित रहे, सुखी रहे। तो पत्नी सुहागिन वरना विधवा...। अरे, औरत का अपना स्वतंत्र वजूद है। पति-पत्नी, पुरुष-नारी, दो अलग-अलग इकाइयाँ हैं, दोनों स्वतंत्र, डिपेंडेबल क्यों बना रही हो?'"

"उस औरत ने कहा, 'सहारा...!' "

"रमाबाई ने कहा, 'सहारा नहीं, साथी...' "

"मुक्ति पर काम कर रही है न। मुक्त करो नारी को...हर बन्धन से, जाति से, धर्म से, पति से, सन्तान से।"

सावित्री के मुँह से निकला, "अरे बाप...।"

जोती बोले, "बहुत आगे की सोचती हैं। अभी मैं 'सतसार' लिख रहा हूँ। उनको केन्द्र करके। पर उनकी सम्पूर्ण चिन्ता, सम्पूर्ण सोच, समूचे व्यक्तित्व को लिख पाऊँगा, मुझे सन्देह है। जहाँ पंडिता की उपाधि मिली, बंगाल में, वहाँ ब्रह्म समाज के केशवचन्द्र सेन ने रमा को उपनिषद का और गहरा अध्ययन करने को कहा। तब रमा ने कहा कि अब वृहदारण्यक में

कचरा ही कचरा है...अगर कामशास्त्र ही जानना है तो उपनिषद क्यों, और भी ग्रंथ हैं जैसे कि वात्स्यायन। एक चीज मजे की, ऐसी खीर खाने पर गोरा शिशु, ऐसी खीर खाने पर सौ साल जीनेवाला बच्चा!...ऐसी अपच्य चीजों से बिदककर ही क्रिश्चैनिटी का अध्ययन किया। क्रिश्चियन धर्म अपनाया, फिर उसे छोड़ा। फिर कोने अँधेरे में दबी सम्पूर्ण नारी जाति के उद्धार के मिशन में जुटी हैं। हमारी रिले-रेस का बैटन थाम लिया है।"

कुछ दिन और बीते दिन, महीने और बरस। इसी बीच हंटर कमीशन के भी। रमाबाई फिर आईं। अब तक वे जोतिबा की अगली पुस्तक 'किसान का कोड़ा' भी पढ़ चुकी थीं। फ़ातिमा होती तो कहती 'ज्ञान वीथी', अगर-मगर करती रहती। सावित्री ने स्वागत किया।

रमाबाई ने पूछा, "पति पारायण जी, तुमने अपने पतिदेव की पुस्तक 'किसान का कोड़ा' का पारायण किया या नहीं?"

"मुझे फुर्सत नहीं...उलट-पलटकर देखा-भर," सावित्री ने कहा।

"पढ़ना भी मत। यह सब पागलों का प्रलाप है।"

"आपने तो उपनिषद भी पढ़े हैं।"

"उससे तो अच्छा होता, मैं कोकशास्त्र पढ़ लेती।"

"मेरी सखी फ़ातिमा भी कहती थी, पढ़-लिखकर क्या करना, वह सब ज्ञान वीथी है। कहती, तू ही ठीक प्रेम वीथीवाली।"

" 'सतसार' में भी आपका जिकर है।"

"माय गॉड! सात-सात घोड़ों की वल्गा थामे, जोतिबा आ रहे हैं, उदयगिरि से अस्तगिरि..."

"आपके ज्ञान का लाभ लेना चाहती हूँ।"

"जिन्दगी पढ़ते-पढ़ते ही बीती और हाय रे मेरे करम, मेरी नसीब में जो भी पुस्तक आई, सब की सब लोहे के चने...क्या तो 'गुलामगिरी'...क्या तो 'किसानों का कोड़ा'...अब 'गुलामगिरी' को ही लो, महात्मा ने सोर को उलट दिया है।"

जोती ने प्रणाम करते हुए हस्तक्षेप किया, "मिथ मिथ्या से बना होगा।... पानी-वानी भी पिलाया सावित्री जी ने या सिर्फ शुष्क चर्चा..."

रमाबाई ने कहा, "दरअसल एक फ्रेम की कैद में रहते-रहते, हमारा माइंडसेट एक विशेष प्रकार का हो गया है।"

"सारे मिथों को उधेड़े बिना उनके शोषण के उत्स कपट के मायाजाल तक पहुँचना मुश्किल है। अतीत को किसने देखा है।"

रमाबाई ने कहा, "आई सी, आपने शोषण, तबाही और विवशता का इतना प्रामाणिक और जीवन्त चित्र उकेरा है कि 'किसान का कोड़ा' विश्व साहित्य में अलग से पहचाना जा सकता है। घिनौनी संस्कृति का यह अन्यतम प्रतिमान है। 'गुलामगिरी' और 'किसान का कोड़ा' पहले क्यों नहीं लिखे गए, इस पर पहले क्यों नहीं गई किसी की नजर! मैं हैरान हूँ।"

"मैंने जितना समझा", जोतिबा बोले, "मुगलों और अंग्रेजों ने भारत की पहले से चली आ रही विप्र वर्चस्व की व्यवस्था में छेड़छाड़ कर झमेलों में पड़ना मुनासिब नहीं समझा। जो जैसा चल रहा है, चलने दो। उन्होंने ब्राह्मणी वर्चस्व की व्यवस्था को अपना सहायक बना लिया, सवर्ण जातियाँ पहले जैसी स्थिति में ही बनी रहीं। ऊपरी परत में शासक और उसके नीचे उनके सहयोगी ब्राह्मण, सेठ, मारवाड़ी आराम से रहते। निचली जातियाँ सेवक जातियाँ थीं जो उनकी मौज-मस्ती के सामान मुहैया करतीं। चूँकि बाजार भी नहीं था सो बढ़ई आदि कर्मशील जातियाँ भुखमरी-जैसी स्थिति में पड़ी रहीं। कहीं वे भाग न जाएँ सो अटक नदी के पार जाने पर धर्मच्युत होने का विधान पहले ही बना रखा था। हाय रे धर्म! खेत बंजर, मगर परिवार बढ़ता रहता। बच्चों को स्कूल भेजना चाहते भी तो कैसे भेज पाते? कुछ जो गए भी तो शिक्षक, जो सवर्ण होते, उन्हें नीच समझते, उनकी उपेक्षा करते। पढ़ाई क्या होती?

"बड़े हुए। ब्राह्मण कुलकर्णी एक तरफ से लूटते, लगान लेनेवाले कर्मचारी, कोर्ट-कचहरी दूसरी ओर से, हर तरफ घूसखोरी और भ्रष्टाचार का बोलबाला, तीसरी ओर खुद की अशिक्षा, चौथी ऊपर से गरीबी हर जगह। किसान पर चारों तरफ से कोड़े बरसते। वे आपस में ही टकराते, चोट खाते। पाँवों में जूते की जगह पलाश के पत्ते बाँधकर, खाने की बासी रोटियाँ बाँधे

अर्जीदार पीछे-पीछे घूमते रहते। घूस न देने के कारण धूर्त कर्मचारी और कुलकर्णी दूसरे पक्ष से पैसे खाकर उनका केस मजिस्ट्रेट को भेजने में देर लगाते-लगाते, इत्ती देर कर देते कि घाव सूख जाते, माने प्रमाण मिट जाते। फिर जज भी वही, वकील भी वही, दो-दो घंटे देर से कुर्सी पर बिराजते...तब तक उनके इन्तजार में वह वादी किसान मर जाते। फिर नंगे पाँव, बासी रोटी वाले किसान को जैसे-तैसे सलटाकर बेईमान जज और वकील किसी दूसरे पड़ाव पर चल पड़ते, अलबत्ता उनका सारा खर्चा किसान उठाता, उनका ही नहीं, उनकी रखैलों, उनके बाल-बच्चों, उनके पुजारी, उनके ओहदेदारों, उनके शोहदों तक का...।"

वापस लौटते समय रमाबाई ने पूछा, "बेटे की शादी कब कर रही हो? बुलाना जरूर, अकेले-अकेले मत कर लेना बेटे की शादी।"

सावित्री ने कहा, "जरूर।"

हंटर कमीशन, 1882

अंग्रेज़ भारत में चल रही शिक्षा प्रणालियों की असंगतियों को दुरुस्त करना चाह रहे थे। इसकी शुरुआत कैसे की जाए...? लॉर्ड रिपन के आदेश से इसके निमित्त सन् 1882 में सर विलियम हंटर की अध्यक्षता में सरकार ने एक आयोग का गठन किया। यह आयोग भारत के प्रमुख लोगों से साक्षात्कार कर उनकी राय माँगने हेतु भ्रमण कर रहा था। इसी सिलसिले में आयोग पुणे आया हुआ था। जोतिबा फुले इस विषय पर अपनी मौलिक सोच रखते थे जिसमें नारी, दलित, पिछड़े और सम्पूर्ण ग़रीब तबके समाहित हों और उन्होंने 1848 में ही नारी-शिक्षा का सूत्रपात कर दिया था।

वे दिन फुले दम्पती के लिए बड़े ही श्रम के दिन थे। सावित्री ख़ासा उत्साहित थी। लेकिन जब जोती से चर्चा हुई तो उसके उत्साह पर पानी फिर गया। वाक़ई इन बिन्दुओं पर ग़ौर ही नहीं किया गया था कि इससे निचली और वंचित जातियों को क्या मिलेगा?

19 अक्टूबर, 1882 को हंटर कमीशन के सामने जोती ने एक विस्तृत और प्रामाणिक रिपोर्ट पेश की जो हंटर कमीशन की अब तक की मान्यता के सम्पूर्ण विपरीत खड़ी थी। वह एक उच्च वर्गीय समाज के आधार पर रची गई फिल्टर थ्योरी थी, जिसके अनुसार ऊपरी वर्ग में शिक्षा का प्रसार हो तो

वह रिस-रिसकर स्वतः ही निम्न वर्ग तक पहुँच जाएगी। जोती ने कहा कि यह असम्भव है। आज तक उच्च वर्ग के लोगों ने निम्न वर्ग के लोगों के लिए क्या किया है? कुछ भी तो नहीं। वे फिल्टर थ्योरी को पर्याप्त मानते हैं यानी ऊपर के वर्ग को शिक्षित किया जाए, नीचे के वर्ग स्वतः शिक्षित हो जाएँगे। उच्च वर्ग के लोग, यहाँ तक कि राजा राममोहन राय जैसे समाज सुधारक को भी फिल्टर थ्योरी में कोई बुराई नज़र नहीं आ रही थी। जोतिबा ने अपने अकाट्य तर्कों एवं साक्ष्यों से उच्च शिक्षा और उच्च वर्ग का समाहार इस प्रकार किया—

1. भारत में जाति प्रथा के कारण बड़ा भेदभाव और पक्षपात है। इस बात को ध्यान में रखे बिना न्याय नहीं हो पाएगा।
2. शिक्षा का उद्देश्य जाति प्रथा के विरुद्ध होना चाहिए। जात-पाँत का भेद कतई स्वीकार न हो।
3. महिलाओं, विधवाओं, दलितों, वंचितों के सुरक्षार्थ आवश्यक कदम उठाए जाएँ।
4. शिक्षा किसानों के कल्याण की हर प्रकार से रक्षा करे।
5. शिक्षा में इस तरह से सुधार किये जाएँ कि उसे घर के अन्दर तक पहुँचाया जा सके, खुले विद्यालयों के द्वारा ताकि घर के अन्दर रहनेवाली महिलाओं को भी इसका लाभ मिल सके।
6. सरकारी स्कूलों की छात्रवृत्ति की प्रथा को बदलकर उसे कमजोर वर्गों तक अनिवार्य कर दिया जाए।
7. बम्बई प्रेसीडेंसी तक के हर वर्ग के लिए निःशुल्क प्राइमरी शिक्षा अनिवार्य की जाए।
8. पाठ्यक्रम में तकनीकी और व्यावहारिक शिक्षा समाहित हो।
9. शिक्षकों में हर वर्ग और जाति के शिक्षक नियुक्त किये जाएँ, ऐसा न होने पर वह फलप्रद न होगा।
10. विदेशी मिशनरियों द्वारा शिक्षा का प्रसार किया जा रहा है। इसका स्वागत है मगर उनके द्वारा इसे धर्म परिवर्तन का साधन न बनाया जाए।

हंटर कमीशन के सामने पंडिता रमाबाई भी पेश हुईं और उन्होंने अपने सुझाव सौंपे। जोती ने ध्यान से सुना। पंडिता के सुझाव औरतों के अधिकारों पर ज़ोर तो देते थे पर अधिक व्यापकता के साथ जिनके लिए शिक्षा को अनिवार्य होना चाहिए था, उस तरफ़ जोती का सम्पूर्णता में ध्यान नहीं गया था। यह एक अच्छी बात थी।

रात पति-पत्नी में बात हुई। सावित्री ने कहा, "तुम जितने बड़े भी विद्वान और चिन्तक क्यों न हो, औरतों का सम्पूर्ण दर्द नहीं समझ सकते। वह तुमसे बिन्दु छूट रहा था। अच्छा हुआ रमाबाई का प्रतिवेदन सामने आया ये दोनों को मिलाकर पूर्ण बनते हैं।"

जोती ने कहा, "सही कहती हो।"

सत्य वीथी वाले कहते, 'धोंडीबा काशी से शंकराचार्य को शास्त्रार्थ में हराकर पुणे लौटा है।' मगर ब्रह्म वीथी वाले विद्रूप करते, 'यह मुँह और मसूर की दाल! अरे, उसे भगा दिया गया। साला शंकराचार्य बनने गया था कुम्हार का बेटा।'

बात 'गुलामगिरी' पर उछलती।

गोपाला कहता, "जोतिबा की और चीजें तो, थोड़ी-बहुत समझ में आती भी हैं लेकिन हमारे देवी-देवताओं पर नहीं सुहातीं। वे गाली क्यों देते हैं?"

"जैसे?"

ब्रह्म वीथी पर फैलने वाली यह दूसरी ख़बर थी—'जोतिबा अछूतों को पानी दे रहे हैं।'

दूसरी नहीं तीसरी—'पानी खोल दिया और दारू बन्द करवा दी।'

लोग पूछ रहे थे एक-दूसरे से, 'ऐं, क्या सच में?'

'हाँ, सच में...'

रात सावित्री ने पति के बालों को सहलाते-सहलाते औचक ही एक सवाल में उलझा दिया, "तुम्हारा बेटा अब पन्द्रह का हो गया।"

"अरे! हाँ तो...?"

"तो यह कि सबका ब्याह रचाते-रचाते अपने मुलगे को ही भूल गए।"

"नहीं, भूला तो नहीं हूँ...पर मुझ जैसे कुजात के बेटे को लड़की देगा कौन?"

दोनों जैसे किसी जंगल में राह भूल गए। सो गए पर सवाल परछाईं-सा पीछे पड़ा रहा।

तीसरे दिन आए तो पगड़ी उतारते ही सावित्री की पुकार हुई। आवाज़ में खनक, "अरे, आओ! तुम्हें एक खुशखबरी देनी है।"

"आई...।"

"मुलगे को मुलगी मिल गई।"

"सच...कहाँ?"

"अरे, वो हड़पसर के ग्यानबा कृष्ण राव असाणे हैं न..!

"हाँ...!"

"उन्हीं की बेटी है लक्ष्मी। तीसरी क्लास में पढ़ती है।"

पहाड़ जैसी समस्या, रूई से भी हल्की सिद्ध हुई। सत्यशोधक समाज से ही पैदा हुई समस्या का सत्यशोधक समाज से समाधान भी।

सन् 1885, पुणे का मराठी लेखक सम्मेलन।

जोती कमरे का एक चक्कर लगाकर बैठ गए थे। सावित्री पीछे खड़ी, पति को तोल रही थी।

"जाओगे नहीं? रानाडे का आमंत्रण है।"

"नहीं।" इसके साथ पतझड़ के पत्ते की तरह गिरता है पत्र। सावित्री ने उठा लिया पत्र, मौन बोलने लगा, 'आपके आमंत्रण के लिए मैं आपका आभारी हूँ। लेकिन जो लेखक मानवी अधिकारों से इनकार करते हैं, उनकी संस्था से हमारी संस्था का सम्बन्ध कैसे हो सकता है? उनके ग्रंथों और हमारे ग्रंथों में जमीन-आसमान का अन्तर है। आज के लेखकों के पूर्वजों ने शूद्रों और अतिशूद्रों पर क्या-क्या अन्याय नहीं किया है, आज के लेखक उसकी कल्पना भी नहीं कर सकते। हमारी मुसीबतें और तकलीफें स्पष्ट दिखाई देने पर भी वे जानबूझकर अनदेखा कर रहे हैं। शूद्रों का शोषण करनेवालों पर हमारा विश्वास नहीं है।'

सावित्री और पत्रवाहक उनका मुँह ताकने लगे। जोती ने कहा, "जाओ इस पत्र को दे देना, उनके उस साहित्य का हम क्या करें जिसमें उन्हीं लोगों की महानता का बखान हो, उनका आत्मालोचन न हो।"

और जोती का अभिनन्दन?

क्षुद्र सम्मानों के प्रलोभन से मुक्त थे। उस आदमी का क्या तो मान, क्या तो सम्मान, जिसके अपने लोग अपमान के विष-ज्वाल में आज भी अहरह जल रहे हों, लेकिन हुआ।

दिन था 11 मई, 1888

बम्बई के मांडवी कोलीवाड़ा में जोती का नागरिक अभिनन्दन। बड़ौदा के महाराजा सयाजी गायकवाड़ को आने का आमंत्रण था। पर किसी कारण वे न आ सके। अलबत्ता उनका सन्देश आया था कि जोतिबा जैसे महापुरुष को भारत के बुकर टी वाशिंगटन की उपाधि से विभूषित किया जाए। दूर-दूर से हर वर्ग के लोगों का समावेश था। सभी आँखें कृतज्ञता से भरी हुई थीं। राव बहादुर विट्ठल वंडेकर ने स्वागत करते हुए कहा, "आपकी चालीस वर्षों की निरन्तर तपस्या का फल है कि आज महाराष्ट्र के स्त्री-पुरुष मानवाधिकार जागृति और चेतना से युक्त हो सके हैं। आप ही सच्चे महात्मा हैं जोतिबा, महात्मा जोतिबा फुले की जै। कृतज्ञ दीन-हीन जनता आपको क्या दे सकती है।"

जोती धीरे से उठे, कहा, "मैंने ईश्वर की प्रेरणा से, जो कुछ मुझसे बन पड़ा, थोड़ा-सा कार्य किया। थोड़ा-सा उन भाई-बहनों को मनुष्यता का अधिकार दिलाने को ही मैं अपना धर्म मानता रहा। यही सारे महापुरुषों का सन्देश था। मैंने अधिक कुछ भी तो नहीं किया। आप अपने अधिकार और कर्तव्यों के प्रति जग जाएँ, सबुद्ध हो जाएँ। बस इतना ही तो...!"

परीक्षा की, चेतावनी की घंटी बज चुकी है। जो कुछ भी करना-धरना है जल्दी-जल्दी कर डालो। इसके पहले कि उत्तर-पुस्तिका जमा हो जाए, पूरी कर डालो।

और जोती लिखवा रहे हैं वसीयत...।

वसीयतनामा दिनांक 1887, सत्यमेव जयते, दिन रविवार आषाढ़ महीना, वादी-5, वसीयत में ब्योरेवार अपनी सम्पत्ति और स्वामित्व का विवरण दिया।

1. मेरे बड़े भाई राजाराम गोविन्द फुले जी थे। वे दिवंगत हुए। हम जिस दिन अलग हुए, उस दिन से दोनों ने अलग-अलग रोजगार कर चल और अचल सम्पत्ति अर्जित की तथा हम दोनों अपनी-अपनी अर्जित सम्पत्ति के स्वामी हैं।
2. मेरी पत्नी सावित्री के कोई सन्तान न होने से, गंज पेठ केशोपन्त सिन्धी के मकान में रहनेवाली काशीबाई नाम की महिला के पुत्र होते ही सावित्री ने स्वयं नाल काटी और अपने बच्चे की तरह उसका पालन-पोषण किया। हम दोनों ने उसका नामकरण किया—यशवन्त। अब वह लगभग 13 वर्ष का है।
3. हम दोनों के न रहने पर हमारा बेटा यशवन्त ही हमारी चल-अचल सम्पत्ति का वारिस होगा। वयस्क होने पर वह वंश परम्परा से उक्त सम्पत्ति का मालिक बने, उसका लाभ ले। हमारी इस सम्पत्ति पर हमारे रिश्तेदारों और हमारे भतीजे गणपत राजा फुले आदि का कोई उत्तराधिकार नहीं है। यशवन्त अभी अवयस्क है। मैं और सावित्री उसे पाल-पोस रहे हैं और शिक्षित कर रहे हैं। यशवन्त का मुख्य उद्देश्य यही है कि वह अज्ञानी, दबे-कुचले, दीन-हीन शूद्रातिशूद्र भाइयों को उनके मानवीय अधिकारों के प्रति जागरूक करे। उन्हें धूर्त, ठग, अमानवीय आर्यभट्ट ब्राह्मणों के चंगुल से छुड़ाने के लिए अपना सर्वस्व अर्पित कर दे। यही उसके जीवन की सार्थकता होगी। मेरा और मेरी पत्नी का अन्तिम संस्कार करने का अधिकार केवल यशवन्त को है। अपने वंश की परम्परा के अनुसार मुझे नमक डालकर दफ़नाया जाए।
4. यदि मेरे देहान्त के बाद यशवन्त नियमित रूप से स्कूल जाकर अध्ययन करके, मैट्रिक की परीक्षा उत्तीर्ण कर अन्य उपाधियाँ प्राप्त करने का प्रयास न करके आवारा पुत्रों जैसा बर्ताव करने लगे तो मेरी पत्नी और सत्यशोधक समाज के सदस्यों के बहुमत से यशवन्त को पुणे के मकान नम्बर 394 या खनवड़ी में मेरे हिस्से का मकान, खेत, बागीचे और कुएँ का हिस्सा देकर अन्य सम्पत्ति का उसका

अधिकार रद्द कर, और सत्यशोधक समाज के सदस्यों के बहुमत से यशवन्त के बदले माली, कुणबी, धनगर आदि शूद्र समाज में जो सबसे होशियार और लायक हो, उसे मेरी सम्पत्ति का स्वामी बनाकर उसी से सारे कार्य करवाए।

5. शूद्रादि को अपना दासानुदास माननेवाले आर्यभट्ट ब्राह्मण समेत उनके अनुयायियों की मेरे शव व अन्तिम संस्कार पर की जानेवाली विधियों पर छाया भी न पड़ने दी जाए।

इस तरह से बहुत विस्तार से फुले ने अपनी चल-अचल सम्पत्ति और उसके स्वामित्व का ब्योरा दिया था।

सन् 1888

ड्यूक साहब के आगमन पर, जोती अपनी बात कहने के लिए किसी भी मौक़े को हाथ से जाने देना नहीं चाहते थे। यहाँ तो महारानी विक्टोरिया के सुपुत्र और पुणे क्षेत्र के सेनापति ड्यूक साहब का विदाई-समारोह ही था।

सावित्री ने दूर से देखा, घर में कोई, गन्दे कपड़े में, पगड़ीधारी बूढ़ा बैठा था तो भौंहें सिकुड़ गईं।

"तात्या कहाँ है?"

"अरे आप..., तो आप यहाँ हैं। भलेमानुस ड्यूक के पास जा रहे हैं, कायदे के कपड़े तो पहन लिये होते।"

समारोह स्थल पर एक से बढ़कर एक विशिष्ट सज्जन, देश-देश के कई नरेश, रजवाड़े, सेठ, कुलीन भूदेव। चिपलूणकर जी उचक-उचककर ताक रहे थे, कहाँ रह गए, जोती नाम की घोषणा हो रही थी। तभी गेट पर एक गँवारू किसान, सिर पर पगड़ी, बदन पर फतुहा, मटमैली धोती...टोक देता है एक द्वाररक्षक, "रुको..."

"मैं आमंत्रित हूँ, हुजूर! मेरे नाम की घोषणा..."

"अबे चुप।"

आगंतुक के हाथ जेब में गए। बाहर निकले तो आमंत्रण कार्ड था।

द्वाररक्षक नीचे से ऊपर देखते हैं, फिर ऊपर से नीचे। किंचित संशयग्रस्त, मगर गेट खोल देते हैं। आगंतुक अन्दर गया। नाम की दोबारा घोषणा के साथ, जिस ज़मीन पर बैठा था, उठ खड़ा हुआ।

"योर एक्सलेंसी, सी मायसेल्फ गोविन्दराव ज्योतिराव फुले।"

"यू..." संशय में काँपती है, उँगलियाँ।

"यस सर।"

धाराप्रवाह शिष्ट अंग्रेज़ी—"माननीय ड्यूक महोदय, मैं यहाँ इस भेष में इसलिए उपस्थित हुआ हूँ कि आपको पता चले कि यहाँ भारत के किसान कैसे रहते हैं। उनके पास भरपेट भोजन और तन ढकने के लिए कपड़े तक नहीं हैं। सभा में उपस्थित चकाचौंध वाले राजे-रजवाड़े एक भ्रम हैं। वे भारत को रिप्रेजेंट नहीं करते। यदि आप गाँवों में जाएँगे तो भारत का सच्चा चित्र मिलेगा। आपसे निवेदन है कि इंग्लैंड जाकर अपनी माता जी को देश का सच्चा चित्र पेश करें।"

घर आए। सावित्री ने प्रशंसा भरी मुस्कराहट से अगवानी की, "सोलहों कला में प्रवीण हो। अब नाटक कम्पनी खोल सकते हो। लावणी और स्वांग नाचकर दिखाना तो जरा।"

मामा ने रमाबाई के साथ आई औरतों को 'गुलामगिरी' और 'किसान का कोड़ा' का सार सरल और संक्षिप्त करके बताया—सभ्यता के प्रारम्भ काल में यूरोप वालों ने अफ्रीका और लैटिन अमेरिका से चुन-चुनकर काले लोगों को जानवरों की तरह खरीदा उन्हें गुलाम की तरह रखा। अमानुषिक दबाव और श्रम, न्यूनतम भोजन, चरम शोषण षड्यंत्र। बाद में उन्हीं यूरोपियों में कुछ उदार लोगों ने उन्हें गुलामी के जाल और जंजीरों से धीरे-धीरे बाहर निकाला। यूरोप के बरअक्स अपने देश में स्थिति उलटी रही।

यहाँ ईरान से आए ब्राह्मणों ने इन्हें गुलाम बनाए रखने के लिए तरह-तरह के मिथ गढ़े—अवतार, वरदान, जाति, सगुन, ईश्वर आदि के प्रपंच। उन्हें और लोभ में फँसाने की कोई कोर-कसर नहीं छोड़ी। इन सबका एकमात्र

उद्देश्य ब्राह्मण जाति को श्रेष्ठतम सिद्ध करना था। ईश्वर और भगवान के रूप में खुद को स्थापित ही नहीं किया बल्कि उसके लिए शास्त्र भी गढ़े। गुलामगिरी की पहली शर्त थी कि तुम उन ब्राह्मणों पर शक न करो, उन्हें भगवान का प्रतिरूप मानो। इसकी जड़ में थी अशिक्षा और था अज्ञान। जोतिबा ने सच के ऊपर पड़ी झूठ की इन परतों को छीलकर फेंक दिया और सच को उजागर कर दिया। जिस बात को समझने में यूरोप को देर न लगी उसे समझने में अपने देश में वर्षों लग गए। नायकों को खलनायक बनाया गया। चमत्कारों और झूठ का सहारा लिया गया। धोंडीबा और जोतिबा के संवादों के रूप में रचा गया है। 'गुलामगिरी' में जोतिबा ने उनके कपट की सारी कलई खोल दी और सच को सामने ला दिया।

उनका शास्त्र कहता है कि सृष्टि ब्रह्मा ने की और ब्रह्मा के चार-चार मुख हैं, फिर ब्रह्मा कहाँ से पैदा हुए तो विष्णु की नाभि से। यह सब ईश्वर की कृति है—ऐसा बताया गया। कोई मछली से पैदा हुआ, कोई काँख से, हिरण्याकश्यप, हिरण्याक्ष...नृसिंह खम्भे से पैदा हुए छल, कपट, पाखंड चमत्कार का भंडार। बालि-बामन की कथा, महिषासुर की कथा, परशुराम की क्रूर कथा। अनेक लोगों ने सरल कथा को मानकर इन कपटी कथाओं पर विश्वास कर लिया, यही गुलामगिरी है।

हँसने लगी एक औरत, "ओ आई! इसके पहले किसी ने सोचने तक की जहमत न उठाई कि भला कहीं खम्भे से भी कोई जन्म ले सकता है। बाकी चमत्कार भी झूठे।"

"सच में...!" किसी औरत ने कहा। वहीं एक औरत को ज्यादा हिलाया तो वह लुढ़क गई।

"तुम लिखो तात्या, उलटी चीज़ों को फिर से उलटकर सीधा कर दो।" सावित्री ने कहा।

"आप भी तनिक सोचिए, चूहे की सवारी और हाथी का सिर। हमारे देश के सीधे अन्धविश्वासी लोगों को छोड़कर है कहीं और कोई इन गपोड़ी कथाओं पर यकीन करनेवाला!"

"रामकथा तो हर जगह है," किसी ने टोका।

"सबकी रामकथा अलग-अलग है," जोतिबा ने बताया।

किसी ने कहा, "वास्तविक महापुरुष वही होते हैं, जिनकी आँखों और दिमाग पर कोई जाला न हो, भय न हो, लोभ न हो।"

"कठिन तो कुछ भी नहीं है। जो चीज जैसी है उसे वैसी ही समझा, अलाने ने ये किया फलाने ने ये। नहीं। सच पर यकीन करो सिर्फ़ सच पर।"

"कुछ करें न करें, कम-से-कम इनके लिए शिक्षा की व्यवस्था जरूर कर दें। वह हो जाए तो वे अपनी दुर्दशा से छुटकारा पाने के लिए स्वयं प्रयत्नशील हो जाएँगे।"

04 फ़रवरी, 1889

04 फ़रवरी, 1889 को सत्यशोधक समाज के बीच उन्हीं की विधि और विधान से विवाह सम्पन्न हो गया। विवाह के मंत्र मराठी में स्वयं वर-वधू ने पढ़े।

अत्यन्त सादगी और कम खर्चे में हो गया ब्याह। ब्याह में ब्राह्मण मित्र और समाज के भी यद्यपि कम-कम औरतें थीं। लोग आए थे।

अगले दिन, गंज पेठ के घर में ख़ुद में खोए पहले की तरह घुसे आ रहे थे कि सावित्री ने टोका, "घर में नई नवेली दुल्हन है और आप धड़ाधड़ घर में घुसे आ रहे हो। खाँस-खखारकर आना चाहिए ससुर जी।"

"अरे, रे..रे...! मैं तो भूल ही गया था। बूढ़ा हो रहा हूँ, माफ करना।" पति-पत्नी दोनों हँस पड़े।

"अरे, एक बात तो भूल ही गई।"

"क्या?"

"पंडिता रमाबाई को बुलाया था?"

"वो अमेरिका में हैं। किसी स्कूल में संस्कृत पढ़ाकर पैसा-पैसा जोड़ रही हैं अपने नारी-निकेतन के लिए।"

उठते-बैठते सोते-जागते इन दिनों इस बात की चर्चा भँवर में गोल-गोल चक्कर काटने लगती है। हमारे अपने ही हमारे विरुद्ध खड़े हो जाते हैं। बहसें! इस झूठ और पाखंड के घटाटोप भेदकर सत्य तक कैसे पहुँचा जाता है? ब्राह्मणों ने ख़ुद को भूदेव बना लिया है। ईश्वर और व्यक्ति के बीच इस दलाली के पुजारी सबसे बड़ा अवरोध हैं। इन्हें शक्ति कहाँ से मिलती है? उनकी आय और शक्ति के स्रोत को बन्द करो, वे सही हो जाएँगे।

और आज जोतिबा बिना किसी भट्ट के विवाह करवा रहे हैं। पंडा-पुरोहितों और सनातनी ब्राह्मणों के कलेजे में आग लग गई है। उन्होंने प्रचारित करना शुरू किया, 'बिना ब्राह्मण के विवाह धर्म-विरुद्ध कार्य है।' कोर्ट-कचहरी तक दौड़ हुई। मगर सत्यशोधकों के प्रबल समर्थन से यह शादी निर्विघ्न सम्पन्न हो गई। न कोई तामझाम, न खर्च-वर्च, सरल विवाह। ब्राह्मण तिलमिला उठे। अगर इसे रोका न गया तो हमारा अस्तित्व ही ख़तरे में पड़ जाएगा।

लेकिन यह क्या...रोकने को कौन कहे, यहाँ तो पहले विवाह के बाद दूसरा विवाह भी होने लगा।

"किस साले का...?"

"कोई ज्ञान मसाने है।"

"कूट दो जोत्या को और दूल्हे को भी और उसके बाप को भी।" सो कूटने की पूरी तैयारी हो गई।

मगर इधर भी सावन से भादो दूबर नहीं। इधर से महारों, मांगों और सत्यशोधकों की फ़ौज थी। जोतिबा ने राजन्नालिंग और गंगाभाऊ मस्के की सहायता ली थी। पुलिस का इन्तज़ाम। दुल्हन और समधी वग़ैरह जोतिबा को संरक्षण में पहले ही पहुँच गए हैं। लाठियाँ पहले से तैयार हैं। उधर की लाठियों को रोकने के लिए। हिम्मत है तो रोको? शस्त्र और शास्त्र के इस सम्भावित संघर्ष को देखने के लिए ब्राह्मणों और अब्राह्मणों का हुजूम। आज आसमान से बिजली गिरेगी। धरती का सीना चाक हो जाएगा। तमाशबीनों का कलेजा मुँह को आ रहा है। पर, इस परम उत्तेजना में भी जोतिबा शान्त और अविचल हैं। सारे वैवाहिक कर्म सरल और मंगलमय वातावरण में सम्पन्न हो गए। न कोई भूचाल आया, न कोई बिजली गिरी।

अख़बारों में छपा, 'ब्राह्मण पुरोहित के बिना ही हिन्दू विवाह।'

धीरे-धीरे ख़बर ख़ुशबू-सी फैल रही थी। इस ख़बर ने पुणे और बम्बई के ब्राह्मण वर्ग में खलबली मचा दी और सत्यशोधकों में उत्साह। सत्यशोधक समाज का दायरा ख़ुद-ब-ख़ुद फैलने लगा। ग़ैर-मराठी भी बड़ी संख्या में इसके सदस्य बनते गए। बम्बई के कतिपय धनी, ठेकेदार, मसलन व्यंकू कांकेवार और कराडी लिंग भी अनुयायी बन गए। नरसू सायबू जैसे तेलुगू ठेकेदार ने जोतिबा के सम्मान में कपड़े दान दिये जिसे उन्होंने ग़रीबों में बाँट दिया और नाकेबन्दी का एक नया क़दम...!

हर अनुष्ठान में ब्राह्मण भोज (घी और रोटी) तत्काल से बन्द कराकर उस पैसे को पिछड़े, ग़रीबों की शिक्षा में लगाने को कहा। और वैसा ही हुआ। इन निस्स्वार्थ और प्रगतिशील क़दमों से सत्यशोधक समाज और जोतिबा के समर्थक बढ़ते गए।

इधर पुणे में जहाँ-वहाँ इश्तहार नज़र आने लगे—'सत्यशोधकों के बहकावे में आकर शास्त्र-विरोधी विवाह के पाप में न डूबें। सत्यशोधक विवाह सरकार द्वारा भी मान्य नहीं है।' सत्यशोधकों का पलटवार—ये गलत है सरासर झूठ है।

1884 के वे दिन जब जोतिबा के अंग शिथिल पड़ने लगे थे। सयाजी महाराज ने धामनस्कर* के द्वारा उनको बड़ौदा बुलाया था। उन्होंने समाज सुधार की अनिवार्यता पर कई व्याख्यान दिये। उधर जोतिबा व्याख्यान दे रहे थे, इधर सावित्रीबाई फुले स्त्रियों के बीच। उन भाषणों की अन्तर्वस्तु प्रायः एक थी—ज्ञानोदय।

थकान घेरने लगी है जोती को। मन में नित-नई बातें, नई योजनाएँ उभरती हैं, पर शरीर साथ देता नहीं महसूस होता। जब-तब बड़बड़ाते रहते हैं, 'अभी बहुत काम करने को पड़े हैं। थोड़ा और रुको। इतनी जल्दी साथ न छोड़ो।' हाथ काँपने लगे हैं। दायाँ हाथ बेकार होने लगा तो बायें हाथ से अभ्यास करने लगे।

---

* यही धामनस्कर फुले की मृत्यु के बाद 1901 में बड़ौदा रियासत के दीवान बनाए गए।

अभी भी हर पन्ने पर काँपते हाथों से प्रारम्भ में वही शब्द लिखे जाते हैं, 'सत्यमेव जयते!'

दिन-दिन टूटता गया बदन।

'आह, अब नहीं। बहुत हो गया।'

1890 का बसन्त

पति-पत्नी साथ थे कि जोती की उँगलियाँ अख़बार के पन्ने पर गिरीं।

'क्या है?' सावित्री ने पलटकर देखा।

वह एक ज़हर था। ख़बर के रूप में अख़बार के पन्ने पर पसरा हुआ, बम्बई के एक मन्दिर में कुछ लड़कियों के देवदासी बनाए जाने की ख़बर थी। इसी सप्ताह अनुष्ठान होना था। श्रद्धालुओं से निवेदन था कि ज़्यादा-से-ज़्यादा तादाद में अनुष्ठान में शामिल होकर जीवन को सफल बनाएँ।

सावित्री ने स्वामी को देखा, स्वामी ने सावित्री को। दोनों डर गए।

कुछ दिन बाद। सावित्री स्वामी को 'देशबन्धु' पढ़कर सुना रही थी कि उसकी ज़बान हकलाने लगी। पता नहीं, इस ख़बर पर स्वामी की कैसी प्रतिक्रिया होगी। आवाज़ से लगा, जोतिबा पूछ रहे हैं, "एक मुलगी को पुजारी देवदासी बना रहा है।"

आक्रोश अन्दर-ही-अन्दर रुँधकर ज़हर घोल रहा है। माने देवता से विवाह के नाम पर फिर एक बालिका की बलि की तैयारी। अकेले नहीं, बाकियों को भी परोसेगा। हुँह, देवदारसी?

"क्या-क्या नाटक फैला रखा है इन धूर्तों ने...?"

एक ढलान है जिससे लुढ़ककर हर चीज़ वहीं पहुँच जाती है। "मैं नहीं होने दूँगा यह नरकाचार जीते-जी। फिर आवाज़ भर्रा गई, लेकिन मैं ज़िन्दा ही हूँ कब तक...!" आँखें आँसुओं से भर गईं। सावित्री घर के अन्दर भागी।

दो ही घंटे में सत्यशोधकों की सेना कूच कर गई और दूसरे दिन सावित्री अख़बार पढ़कर पति को सुना रही थी—"सत्यशोधकों के तीव्र विरोध पर देवदासी प्रकरण पर विराम लग गया।"

अगले दिन के अख़बार में था। बम्बई के सम्भ्रान्त समाज की तीव्र प्रतिक्रिया, "यह बर्दाश्त के बाहर है। अंग्रेजों का पिट्ठू जोती अंग्रेजों की तरह ही हिन्दू धर्म की सभी गौरवशाली परम्पराओं को ध्वस्त कर रहा है।"

"मरते-मरते कुछ तो पुण्य अर्जित कर जाओ जोती।" एक ब्राह्मण मित्र परांजपे की टिप्पणी।

ज़बान कुछ कहने के लिए अकुलाई। शब्द सावित्री के कंठ से ध्वनित हुए, "वही तो कर रहा हूँ।"

परांजपे बोले, "कितने दिन तुम जीओगे जोती और कितने दिन रहेगा तुम्हारा सत्यशोधक समाज?"

सावित्री ने जोतिबा की बात स्पष्ट की, "मैं रहूँ न रहूँ विजय सत्य की ही होकर रहेगी।"

दाहिने अंग को फालिज मार जाने के बावजूद अब तक बाएँ हाथ से जैसे-तैसे लिख रहे थे। टेढ़ी-मेढ़ी ही सही, सध गई थी लिखावट। किताब पूरी हो गई थी, 'सार्वजनिक सत्य धर्म' कि पक्षाघात के दोबारा प्रहार ने लगभग जड़ बना दिया। न हाथ उठ रहे हैं, न पाँव, न गर्दन। पोर-पोर में जड़ता और दर्द समा गया था।

अब पीठ के बल चित पड़ गए हैं। आवाज़ साफ़ नहीं निकलती। हिल-डुल भी नहीं सकते हैं, आँखों के सामने फैला खुला नीला आकाश है, टिड्डियाँ हैं या मृत्यु की मरन-परी उन्हें लेने आई है। चलो, तात्या चलो! बहुत जी लिये।

तुमने एक जीवन में हज़ार ज़िन्दगियों का जीवन जी लिया। अख़बार सावित्री ही पढ़कर सुनाती है। वही उनकी आँख, कान और इन्द्रियाँ है प्रकारान्तर से।

तभी एक दिन हाथ पर हाथ सरका ज़बान से, "सावित्री, मैं तुम्हें सन्तान नहीं दे सका!" उस वाक्य को कोई समझे नहीं समझे, सावित्री बख़ूबी समझ लेती है। हाथ को हथेलियों से सहलाते हुए उसने कहा, "कभी-कभी तो वह इतनी रसाई देता है कि वह सोचते हैं और मुझको सुनाई देता है। क्या कहते हो स्वामी? ये यशवन्त समेत इतने लाख-लाख सत्यशोधक क्या हैं? तुमने एक नहीं लाखों सन्तानें दी हैं।"

काश! नसों में स्नायु तंत्र में जान आ जाती तो दोनों मिलकर एक हो जाते...!

सावित्री वापस मुड़ी तो उसने अपनी आँखों के आँसुओं को आँचल से पोंछा!

27 नवम्बर, 1890 को मृत्यु के पदचाप साफ़-साफ़ बज रहे हैं कानों में। अब इलाज का कोई फ़ायदा नहीं।

शाम के पाँच बजे अपने निकट के लोगों को बुलवा लिया है, "अब इलाज का कोई उपयोग नहीं, जो कह रहा हूँ सो सुनो।"

काफ़ी लोग आ गए हैं। अभी भी आते जा रहे हैं।

"मित्रो, अब मेरे जाने का समय हो गया है। दूर कहीं बजने लगी है अन्तिम प्रहर की घंटियाँ। आप सभी ने मेरे कार्यों में जो मदद की है उसका मूल्य आँकना सम्भव नहीं है। और यह मेरी पत्नी, प्रियतमा—सावित्री हरदम साये की तरह साथ लगी रही। दूसरी ओर मोड़ते हैं नजर, ये मेरा पुत्र यशवन्त अभी छोटा है। लेकिन इसमें हर कार्य करने की उमंग है। मैं इन दोनों को आपके हवाले किये जा रहा हूँ।" हाथ उठाने की कोशिश करते हैं पर हाथ उठा नहीं पाते हैं।

"मेरे जाने से स्वाभाविक रूप से आप सबको दुख होगा। लेकिन जो जन्म लेता है, उसका मरना भी स्वाभाविक है। पहले हमारे पूर्वज गए। आज मैं जा रहा हूँ। कल आप भी जाएँगे। तब व्यर्थ शोक क्यों?"

टप-टप आँसू बरस रहे हैं सावित्री के, यशवन्त के भी। विदा के शेष मुहूर्त में दोनों का हाल बेहाल है।

"आप अपना कर्तव्य करते रहें और सत्यशोधक समाज के विचारों को अपनाएँ। जो तकलीफें अभी सहनी पड़ी है, आगे और भी तकलीफें आएँगी। डरना नहीं। ईश्वर के प्रति आदर रखते हुए आप अपना काम करते रहें।"

रात का आख़िरी पहर है और ज़िन्दगी का भी। प्रार्थना शुरू हो गई है। लय फैल रही है चिर निद्रा की। यवनिका ढक रही है सबको। किसी अज्ञात कृष्ण विवर में समाता जा रहा है समूचा अस्तित्व।

और ज्योति भभककर बुझ गई।

ज़ोर-ज़ोर से रोने की आवाज़ों से भर गया घर।

सावित्री के आँसू थम नहीं रहे थे। ऐसे में कोई सँभालने वाला नहीं था। उसकी सखी फ़ातिमा भी कहीं दिख नहीं रही थी। ना जाने कहाँ चली गई थी।

जोतिबा की मृत्यु की ख़बर चारों ओर फैल गई। भीड़ उस गंज पेठ के चारों ओर उमड़ती जा रही है। सावित्री के अन्दर-बाहर हाहाकार मचा हुआ है।

यद्यपि स्वामी का निर्देश है कि शव को जलाया न जाए बल्कि नमक देकर वहीं ज़मीन में दफ़न कर दिया जाए। लेकिन म्युनिसिपैलिटी के प्रतिबन्धों के चलते ऐसा करना सम्भव नहीं है। तो श्मशान जाएगी लाश। नज़दीकी रिश्तेदारों से सलाह-मशविरा हो रहा है। स्वामी के पदचिन्हों की छाप लेकर सावित्री कफ़न शव पर रखती है, "तुम नहीं रहे स्वामी तो क्या हुआ, तुम्हारे चरणों के चिन्ह हमें पथ दिखाते रहेंगे, जिनका अनुगमन हमें भटकने नहीं देगा। एक छोटी-सी अस्थिरता...।

मुखाग्नि कौन देगा? कई रिश्तेदार आगे बढ़ आए हैं। इस अन्तिम यात्रा में तित्वा (मिट्टी का घड़ा) को लेकर चलने पर विवाद...'जो तित्वा लेकर चलेगा मरनेवाले की सम्पत्ति उसी को मिलेगी।' गोविन्द लेकर चलता पर उनकी भावी सम्पत्ति परम्परानुसार उसे मिल जाएगी। इस पर सावित्री ने

आगे बढ़कर एक हाथ से तित्वा को उठाया और दूसरे हाथ से बेटे यशवन्त का हाथ पकड़ा। अब इस अन्तिम यात्रा के दो सम्बल...! यहीं औरत चुप।

भारत की वह पहली महिला थीं जिसने अपने पति को मुखाग्नि दी। परम्परा-भंजिका। सड़ी-गली परम्परा तो टूटनी ही चाहिए। बाद के दिनों में भी 'तित्वा' को उठाकर चलने को कौन कहे, श्मशान तक में औरतों का जाना वर्जित रहा। पर हर वर्जना को वर्ज न दे तो वह सावित्री कैसी।

सत्यशोधक समाज की पहली शोक-सभा।

सारी नज़रें सावित्री पर। दया भाव रिस रहा है उन नज़रों में। श्रद्धांजलि-सभा के समाप्त होते ही कोई भावुक स्वर सान्त्वना देने को बोल उठता है, "बाई, आप फिकर न करो। हम सब आपके साथ हैं।"

"दुख नहीं है, ऐसा नहीं है, मगर सोचती हूँ, वे गए, हम सब कभी-न-कभी जाएँगे ही। एक सार्थक, निडर, सत्य की जिन्दगी जीकर। हमें उस सत्य के पताके को सौंपकर...हम उसकी शान को कभी झुकने न देंगे...!"

शोक-सभा संकल्प-सभा में बदल जाती है, "बाई को हम सत्यशोधक समाज का अध्यक्ष चुनते हैं।"

सारे हाथ उठ जाते हैं समर्थन में। सारी प्रतिज्ञाओं के साथ फिर से उठ खड़ा होता है सत्यशोधक समाज।

तुम एक बहादुर पति की पत्नी (बायको) नहीं, सत्य के शौर्य की आत्मा हो। तुम्हें टूटने का अधिकार है ही नहीं, टूटोगी कैसे?

द्वैत से अद्वैत एकात्मा।

जोतिबा सपनों और संकल्पनाओं में जब भी दिखते, वैसे ही बलिष्ठ, वैसे ही तेजस्वी, जिन्हें देखते ही शक्ति और प्रसन्नता और ताजगी से भर जाया करती थी, अब वे उसके अन्दर हैं—द्वैत नहीं, अद्वैत एकात्मा।

कभी लगता है अँधेरे में कोई खड़ा है, कभी 'आऊ', कभी लगता है श्वसुर जी, कभी स्वयं जोतिबा, नहीं कोई भी नहीं। जोतिबा के बिना घर कैसा लगता है...कितना सूना...कितना निष्प्राण? पल-पल, छिन-छिन...फटती नहीं पौ। बीतती नहीं रात। सावित्री घर से बाहर जाती हैं। बाहर से अन्दर आती है। भोर का तारा अभी उगा नहीं है। ये प्रसूति गृह, ये संगोपन गृह, ये पेड़, ये मकान, किसी ने जीवन रस सोख लिया है सबका। नहीं, ऐसे साहस छोड़ देने से कैसे चलेगा? तुम किसी की अमानत हो, किसी का वचन। चौंककर उठ बैठती है। वह कौन है! लड़खड़ाता आता हुआ, "पगली कहीं की, मैं गया कहाँ हूँ। अन्दर झाँको। मैं तो तुम्हीं में समाया हुआ हूँ। रोम-रोम, तन्तु-तन्तु, कोशिका-कोशिका में...।"

वही दृढ़ स्वर! प्रियतम के। बूढ़े नहीं, अधरंग के मारे नहीं, चिर युवा! "तुम्हारा सब कुछ तो वहीं है, तुम्हारा यशवन्त, तुम्हारा सत्यशोधक समाज, तुम्हारे बालिका विद्यालय, तुम्हारे दलित विद्यालय, तुम्हारे बाल हत्या प्रतिबन्धक गृह, तुम्हारी कविताएँ, तुम्हारी, तुम्हारी नहीं, हमारी पुस्तकें, तुम्हारे सत्यशोधक समाज के कार्यकर्ता, तुम्हीं सावित्री हो, तुम्हीं जोती हो। सँभालो अपने घर को, साफ-सफाई करनी है, कुएँ से पानी लाना है, यशवन्त को स्कूल भेजना है। परिन्दे चहचहाने लगे हैं, तुम्हें डर कैसा...? तुम तो साक्षात जोती हो, जोती सावित्री, सावित्री जोती!" अँधेरा छँटने लगा है।

"कुछ खाया?" भाभी पूछती हैं।

"नहीं।"

"अरे! खाओगी नहीं तो उनके कामों को सँभालोगी कैसे? देह तो एक ठोस सचाई है।"

चूल्हा जल गया है। बाखरी बनकर आ गई है। तूअर की दाल। पहला ग्रास जबरा। आँसू टपकते जा रहे हैं। बुलाती है बेटे को, "बेटा, यशवन्त!"

आकर बैठ जाता है यशवन्त। रोते-रोते आँखें फूल आई हैं। पहला कौर बेटे को खिलाती है दूसरा ख़ुद।

जोतिबा के बाद

पति की मर्मान्तक मृत्यु के बाद सावित्री तो धीरे-धीरे सँभल गई, मगर आगे के दिन कठिन परीक्षा के दिन...चुनौतियाँ कड़ी होती गईं। एक तरह से यह उनकी परीक्षा थी। पैसे चुकते गए। हाथ ख़ाली होता गया। पैसे माँगे तो किससे? यथावत! संगोपन गृह, बालिका पाठशालाएँ और दिये गए दायित्व सर पर थे। यशवन्त की पढ़ाई, और भी कई काम, किसी को भी बन्द नहीं किया जा सकता था। ऐसे भी दिन आए कि यशवन्त को कॉलेज भेजकर पानी और माड़ पीकर भी दिन काटने पड़े। कुएँ की मुँडेर पर से पानी लेने के बहाने, सूने रास्तों को देख-देखकर लौट आती सावित्री। ज्ञान वीथी, सत्य वीथी, सारी वीथियाँ सूनी। सबको समेटकर कहाँ छुपकर बैठ गई थी फ़ातिमा शेख़। एक संकल्पित यात्रा का खंड-खंड इस तरह से टूटना। सयाजी गायकवाड़ की वीथी भी सूनी। अलबत्ता उसे आश्चर्य हुआ इस बात पर कि सब छोड़ दें पर सयाजी राव ने भला कैसे छोड़ दिया...उनका एकमात्र सहारा था।

इसी बीच, एक दूसरे संकट की आहट।

न सिर्फ़ बम्बई में बल्कि पुणे और एक-एक कर पूरे महाराष्ट्र में। विदर्भ के बाक़ी अंचल में भी। 1891 तक बम्बई शहर की आबादी 8,200 हो चुकी थी। देश में दरिद्रता का आलम। उस ग़रीब और अशिक्षित देश में किसी को भी पता नहीं था कि यह कैसी आफ़त है? प्लेग का पहला रोगी मांडवी में मिला। फिर तो फैलता ही चला गया। बुखार के बाद गले, गर्दन और नाजुक जगहों पर गिल्टियाँ। उल्टियाँ। नसें फूलने लगतीं। खाँसी-बलगम के साथ ख़ून। ठंडक, कमर में दर्द। लोग अनजान। हज़ारों मरते गए। एक लाश फेंककर आते कि घर में दूसरी लाश तैयार मिलती थी। संक्रामक इतना कि घर के घर ख़ाली होते जा रहे थे। बाहर से पैसे कमाने के लिए आए लोग एक ही कमरे में, एक साथ रहने के सिवाय करते भी क्या? इसके पहले हाफकिन साहब हैजे का टीका निकाल चुके थे। पर यहाँ अभी लोग समझ नहीं पा रहे थे कि बचा कैसे जाए। जमशेद जी ने अस्पताल खोले, समुद्र के सारे रास्ते खोल दिये गए, ताकि साफ़ हवा आ सके। जिसकी समझ में जो आ रहा था, कर रहा था। देश प्रेम के जोश में चापेकर बन्धुओं ने अंग्रेज़ों की ही हत्या कर डाली। यह देश में अशिक्षा, अन्धविश्वास, पलायन और प्रताड़ना का दौर था। मृत्यु-दर 22 प्रतिशत बढ़ गई।

डर के मारे लोग अपने परिवार तक को छोड़-छोड़कर भागने लगे। महारों की बस्ती का और भी बुरा हाल। पांडुरंग और बाबाजी गायकवाड़ का लड़का प्लेग की चपेट में आ गया है। कोई उसे छूने भी नहीं जा रहा है। मृत्यु भय में सीझता उल्टियों, गिल्टियों में पड़ा लड़का। कहाँ मर गए थे देवता, कहाँ मर गया था समाज? बेटा यशवन्त एल.सी.पी.एस. परीक्षा पास कर डॉक्टर बन गया होता, काश! मगर वह तो, अभी दो साल लगेंगे। फिर भी माँ के साथ लगा हुआ है।

मंगला आटा लेकर आई तो साथ में ख़बर भी ले आई, "सुना बहन, बम्बई में एक नई बीमारी फैली है। लोग पट-पट मर रहे हैं। उल्टी, दस्त...आदमी से भी पहले चूहा मरता है, फिर आदमी और फिर दोनों...!"

"प्लेग!"

चूहा नहीं "डर" छोड़ गई कुम्हारिन।

मरा चूहा नहीं, ज़िन्दा डर।

दीया रोशनी से ज़्यादा, धुआँ उगलता है।

जहाँ चार आदमी जुटते हैं, इसी विचित्र बीमारी पर चर्चा होती है। मानो सबके हाथ में चूहे की पूँछ हो। कल समाज के लोग आएँगे तो कोई और ख़बर ले आएँगे। 'क्या बीमारी है..., कहाँ तक फैली है?'

मंगला को लगा—'कैसी अभागिन है वो, कलंक लादकर आई। अभी भी वो गलत समय में भार बनकर आई। अब मुझे देखें या अपना परिवार।'

वह उदास भाव से देखे जा रही थी। उजाला उसके चेहरे के आधे भाग पर पड़ रहा था और आधे भाग पर अँधेरा। "आई हो तो जरा स्वच्छ मन से रहो। मुँह लटकाकर नहीं। जो सुख-दुख है बाँटकर रहना होगा।"

दूसरे दिन प्लेग की ख़बर आम हो गई।

बड़े कसाले के दिन थे।

पचास कोठों में भरमता मन, अब निराश हो गया है। दिन डूब रहा है और दिल भी।

कुएँ की मुँडेर पर पानी के लिए खड़ी थी कि तभी घोड़े की टाप सुनाई पड़ी—टप...टप...टप...टप...। ऐसी ढलती बेला में कौन आ रहा है घोड़े पर?

घुड़सवार आकर द्वार पर रुकता है। सावित्री जी को प्रणाम करता है और कहता है, "क्षमा करें, माता! किंचित देर हो गई, प्लेग जो ना कराए... ये पचास रुपये और यह पत्र महाराज ने भिजवाए हैं।"

बिना किसी सेवा-सत्कार के लौटा जा रहा था अश्वारोही।

साँझ के डूबते सूरज की रोशनी में उगते सूरज की तरह हथेलियों पर पड़ा है पैसा।

पानी लेकर अन्दर गई। दीया जलाया। बेटा आकर खड़ा हो गया। माँ-बेटे के सामने खुला है पत्र। ललछौंव रोशनी में अक्षर-अक्षर चमक रहे हैं सयाजी राव के :

क्षमा करना अन्त्येष्टि में शामिल नहीं हो पाया। ये पचास रुपये और दो हजार रुपये बैंक में जमा करवा देंगे। इसके सूद से काम चलता रहेगा। खुद को कभी अकेला न समझें।

प्रणाम!

आपका,
सयाजी राव

टप...टप...टप...आँसू बरस रहे हैं। बेटा मुँह ताक रहा है माँ का। इतने आँसू बचा रखी थी माँ। कैसे देख सकूँ ये आँसू, कृतज्ञता के आँसू ठहरे! बाबा के मरने के बाद आज तलक जो औरत नहीं रोई, वह रोए जा रही है। मानो साक्षात खड़े हो स्वामी—"हम सौभाग्यशाली हैं कि महाराज सयाजी गायकवाड़ जैसा हमें मित्र मिला है। कितना बड़ा है अपना देश और कितनी जटिल है इसकी समस्याएँ। कई मौके आए जबकि मेरा सन्तुलन डगमगाने लगा लेकिन सयाजी का सन्तुलन...ना कभी नहीं। प्रत्यक्ष तौर पर कभी वे दिखाई नहीं पड़ते, मगर वे होते हैं वहीं। सिर्फ बीस वर्ष की उम्र में उन्होंने बड़ोदरा की गद्दी सँभाली, मगर इन्हीं चन्द वर्षों में वे एक सर्वमान्य बौद्धिक नेता बनकर छा गए हैं।"

जोती की मृत्यु के पश्चात् सयाजी राव ने राजकुमार सरदेसाई द्वारा सभी वेदोक्त अनुष्ठानों से सम्बन्धित 16 संस्कारों को मराठी में अनूदित करने का काम किया। विवाह से सम्बन्धित सभी मंत्र मराठी में, गुजराती, यहाँ तक कि हिन्दी में अनूदित करने का प्रावधान बना। इस तरह संस्कृत की अबूझ भाषा से ही नहीं, ब्राह्मणों के एकाधिकार से त्राण का रास्ता साफ़ हो गया। फुले का उद्देश्य यह था कि मंत्रों का सही अर्थ सभी को पता हो। सभी उसे जानें, समझें।

1915 में बड़ौदा में अधिनियमित हिन्दू पुरोहित अधिनियम, भारत ही नहीं, विश्व का पहला और एकमात्र क़ानून है। फुले के एक छोटे से अंकुर की महत्ता विश्वव्यापी सिद्ध हुई। फुले के अन्यतम शिष्य आम्बेडकर ने जाति के विनाश में इसका उपयोग किया। आज भी वे वैवाहिक मंत्र पारदर्शी नहीं हैं, जो ठेठ संस्कृत में हैं।

14 सितम्बर, 1934 को लागू किये गए इस अधिनियम में पुजारी को एक निश्चित अन्तराल के बाद एक परीक्षा में उत्तीर्ण होना पड़ता, अन्यथा वह दंडित होता।

लकवे के प्रथम अघात (आघात) में जब फुले दाहिने हाथ के बजाय बाएँ हाथ से लिखने को बाध्य हुए थे, सयाजी राव ही उनके हाथ-पाँव बने हुए थे। इसी अवस्था में सार्वजनिक सत्य धर्म की रचना सम्भव हो पाई। जिसके 'आभार' में सयाजी राव का उल्लेख है—'सदा सद्विचार सम्पन्न।'

धार्मिक कर्मकांडों से सामान्य जन का मोहभंग असम्भव था। और ये कर्मकांड ब्राह्मणों के बिना संचालित नहीं होते थे। ब्राह्मणों की आय के मूल स्रोत यही थे। लोग इन पर विश्वास भी करते थे। फुले ने इन स्रोतों को बन्द कर जैसे उनकी शक्ति ही छीन ली। पौरोहित्य का अधिकार सभी जातियों को प्रदान कर और क्रान्तिकारी क़दम उठाया था। पर इसके लिए आवश्यक था कि सभी पुरोहित जन शिक्षित हों। पौरोहित्य के एकाधिकार को नष्ट करने की दिशा में एक दिक़्क़त और थी—भाषा। पूजा के सारे मंत्र और कर्मकांड संस्कृत में थे। ब्राह्मण क्या बोलते हैं, यह किसी की भी समझ से परे था, अधिसंख्य ब्राह्मण पुरोहितों को भी। इस जकड़बन्दी से मुक्ति के लिए संस्कृत से मुक्त कर मराठी का प्रयोग आवश्यक था।

फुले सन् 1883 से 1890 तक लगातार बड़ौदा आते और जाते रहे। बड़ौदा महाराज ने सारे धार्मिक कर्मकांड मराठी में अनूदित करवाए। अछूतों सहित सभी जातियों के लिए निःशुल्क संस्कृत शिक्षा के द्वार खोल दिये। उन्होंने पश्चिमी संस्कृति का परिचय देनेवाली पुस्तकों का प्रकाशन करवाया, पुस्तकालय आन्दोलन शुरू किया, समाचार-पत्र शुरू किये, लोगों को जागरूकता प्रदान करने के लिए साक्षरता अभियान शुरू किया। फुले और सयाजी राव की जोड़ी की यह एक अभिनव क्रान्ति थी।

बड़ौदा के गली-कूचों, खेत-खलिहानों में डुगडुगी बज रही थी—'डुग... डुग...डुग..!'

"सुनो-सुनो-सुनो! आज से बाल-विवाह बन्द। आयु से पहले अगर विवाह हुआ तो जुर्माना* देना पड़ेगा। आई और बडील हर एक को एक रुपये का जुर्माना। भट अर्थात पुरोहित को भी जुर्माना देना होगा। सुनो, सुनो, सुनो!"

जैसे हाका पड़ते ही अफरातफरी मच जाती है, ठीक वैसे ही भगदड़ मच गई। सकते में है जान।

कोई कहता है, "ऊस (ईख), तूअर के खेत में भाग जाएँगे।"

दूसरा बताता, "कब तक भागकर छुपे रहोगे?"

तीसरा कहता, "सिर्फ विवाह नहीं, जो आई, बडील अपने दस साल के और आठ साल के मुलगे-मुलगी को स्कूल नहीं भेजेंगे, उन्हें भी एक रुपया का जुर्माना देना पड़ेगा।"

इसी आशय की घोषणा फिर डुगडुगी के साथ! डुग...डुग...डुग...।

"सच कह रहा है। यह तो सरासर आफत है। चलो, महाराज के पास चलते हैं।"

"यह डुगडुगी महाराज की ओर से ही बज रही है।"

"महात्मा फुले होते तो उनके पास जाते, अब किससे कहें।"

किसी बुजुर्ग ने कहा।

"ये सारे फरमान फुले के द्वारा ही जारी किये गए थे," कोई सयाना बता रहा था, "1884 में उन्होंने बम्बई की सरकार से मिलकर बाल-विवाह रोकने के लिए कानून बनाने की माँग की थी। चार साल बाद बड़ौदा महाराजा ने 14 जुलाई, 1886 में सर इलियट को पत्र लिखा। महारों, मांगों के ही नहीं ब्राह्मणों के भी हाथ-पाँव फूल गए थे।"

"पुणे, कोल्हापुर, सांगली, शोलापुर, बम्बई भाग चलें।" किसी ने युक्ति सुझाई।

"वहाँ भी प्राण बचनेवाले नहीं।"

---

* एक रुपये का यह जुर्माना आज के 2500 रुपये के बराबर होता। जुर्माने की सारी रक़म बच्चों की शिक्षा पर व्यय होनी थी।

घोर साँसत में है जान। चाहे दिन भर जितना बेगार खटा लो, लेकिन पढ़ने को न बोलें। डुगडुगी की घोषणाएँ सीधे कलेजे पर बजती हैं, "पढ़ना सभी के लिए अनिवार्य है, मराठी ही नहीं संस्कृत भी, महारों, मांगों सबके लिए।"

"हाय रे देवा, बहुत से ब्राह्मण, पंडा, पुरोहितों को भी संस्कृत की कौन कहे, मराठी तक नहीं आती है। यहाँ मांग, महार...! अच्छा टिकस लगा रहे हैं, महाराज।"

"और जो नहीं पढ़ेगा?"

"वही, टैक्स कहें चाहे जुर्माना। यह पढ़ाई-लिखाई मुफ्त है यानी मरना ही पड़ेगा। पढ़कर मरो, या बिन पढ़े।"

"पता नहीं क्या है महाराज के मन में!"*

प्लेग का प्रकोप जारी था और सावित्री का निश्चय भी अडिग था—मौत के मुँह से अगणित जिन्दगियाँ छीन लेंगे हम। बेटे यशवन्त को साथ में लिया और एक खेत में कैम्प लगा लिया। अब बारी थी महार बच्चे को कैम्प में ले आने की। यशवन्त अभी बच्चा है। अभी बहुत दुनिया देखने को पड़ी है उसके सामने। सावित्री ने कर्तव्याकर्तव्य की दुविधा को पल-भर में पार कर लिया, "बेटा, जरा देखना**, कोई मरीज लौट न जाए।" बच्चे को उठाकर पीठ पर लाद लिया और चल पड़ी।

उम्र साठ को छू रही थी। ठंड के दिन। यह जानते हुए कि वह प्लेग था, साक्षात मौत! और मौत से जूझकर छीन लाई अछूत बच्चे को। बच्चे तो बच गए, पर सावित्री का जीवन होम हो गया। वह 10 मार्च, 1897 का दिन था।

---

* 1904 में बड़ौदा के महाराज ने बाल-विवाह रोकने का अधिनियम बनाया। भटजियों तक पर 50 रुपये जुर्माना जो 1937 में सौ रुपये हो गया। मात्र इतने पर ही नहीं रुके, एक महीने के दंड का प्रावधान भी।

** यश प्लेग के रोगियों से अकेले जूझता रहा और पाँच वर्ष बाद स्वयं भी त्याग और निष्कपट सेवा की राह का पथिक बना।

जिस तरह आसमान के सूरज और चाँद के डूब जाने के बाद भी उजास बनी रहती है, ठीक उसी तरह जोतिबा फुले और सावित्रीबाई फुले के चले जाने के बाद भी उजास बनी हुई है।

उपन्यास ख़त्म हो गया। क्या आपको लगता है कि बिना फ़ातिमा के कहानी पूरी हो सकती है। वाह! जिसने मुस्लिम होते हुए भी नारी-शिक्षा (स्त्री-शिक्षा) की अलख से अलख जगाई और जोतिबा के मर जाने के बाद अँधेरे में नितान्त एकान्त सावित्री एक अन्धे का सहारा ढूँढ़ रही होगी। काश! आज फ़ातिमा होती तो...? वह इतनी अकेली न पड़ती।

जोती-सावित्री की कहानी शेष हो गई, पर फ़ातिमा के बिना कुछ अधूरी-सी रह गई है।

वसन्त पंचमी के दिन। उदास-भाव से जोती आकर बैठ गए। सावित्री ने पूछा, "तुम नास्तिक आदमी हो...किसी की पूजा कर आए?"

"शिक्षक-दिवस पर सबसे बड़ी शिक्षक अपनी फ़ातिमा शेख़ की...।"

"पर वह तो मुस्लिम है?"

"यही तो खासियत है कि वह मुसलमान होकर भी विद्या की देवी है... फ़ातिमा है।"

कालक्रम

ज्योतिराव गोविंदराव फुले (1827-1890)

वर्ष	*घटनाएँ*
1827	11 अप्रैल को पुणे, बॉम्बे प्रेसीडेंसी (अब महाराष्ट्र) में एक माली परिवार में जन्म। माँ चिमनाबाई और पिता गोविन्दराव।
1828	माँ चिमनाबाई का निधन।
1834-1838	पंथोजी के स्कूल में, मराठी में प्राथमिक शिक्षा।
1840	नायगाँव (सतारा) के खंडोजी नेवासे पाटिल की पुत्री सावित्रीबाई से विवाह।
1841-1847	पुणे में स्कॉटिश ईसाई मिशनरियों द्वारा संचालित एक माध्यमिक विद्यालय में अंग्रेज़ी माध्यम से माध्यमिक शिक्षा।
1847	थॉमस पेन की पुस्तक 'राइट्स ऑफ मैन' (1791) का अध्ययन।
1848	उच्च जाति के एक मित्र की बारात में अपमानित किये गये। शूद्र और अतिशूद्र लड़कियों के लिए स्कूल शुरू किया।

1849 शूद्रों को शिक्षा देने की शपथ लेने के कारण सपत्नीक घर छोड़ा।

1851 चिपलूणकर के वाडा में बालिका विद्यालय प्रारम्भ किया।

1852 16 नवम्बर को मेजर कैंडी ने शिक्षा-क्षेत्र में योगदान के लिए ज्योतिबा को एक विशेष समारोह में सम्मानित किया।

1854 अंशकालिक शिक्षक के रूप में एक स्कॉटिश स्कूल में योगदान।

1855 रात्रि पाठशाला शुरू की। 'तृतीय रत्न' (नाटक) लिखा।

1856 हत्या की कोशिश की गई।

1858 स्कूल के प्रबन्धन बोर्ड से सेवानिवृत्ति ले ली।

1860 विधवाओं के पुनर्विवाह में सहायता।

1863 बालहत्या प्रतिबन्धक गृह की शुरुआत।

1868 स्कूल के प्रबन्धन बोर्ड से सेवानिवृत्ति ले ली। इसी वर्ष पिता गोविन्दराव का निधन।

1869 छत्रपति शिवाजीराजे भोंसले यांचा (पोवाड़ा)

1869 विद्याखातिल ब्राम्हण पंतोजी (पोवाड़ा)

1869 ब्रह्मनाञ्चे कसाब (काव्य) प्रकाशित। 01 जून को अपने घर का कुआँ अछूतों के लिए खोल दिया।

1873 'गुलामगिरी' (पौराणिक कथाओं का आलोचनात्मक विश्लेषण) और 'छत्रपति शिवाजी राजे भोंसले यांचा पोवाड़ा' (छत्रपति महाराज शिवाजी भोंसले का पंवाडा) प्रकाशित।

1873 24 सितम्बर को 'सत्यशोधक समाज' की स्थापना की। उद्देश्य था सामाजिक समानता को बढ़ावा देना, शूद्रों और अन्य निचली जाति के लोगों को एकजुट कर उनका उत्थान करना और जाति व्यवस्था से उपजी सामाजिक-आर्थिक विषमता को समाप्त करना। इसी वर्ष 25 दिसम्बर को सत्यशोधक समाज ने बिना ब्राह्मण पुरोहित के पहला विवाह कराया।

1875 स्वामी दयानन्द सरस्वती की पुणे में शोभायात्रा में शमिल हुए।

1877 20 मार्च को सत्यशोधक समाज की पुणे शाखा की रिपोर्ट। अकाल के सम्बन्ध में अनुरोध-पत्र लिखा।

1876 पुणे नगर परिषद के आयुक्त बनाए गए, 1882 तक रहे।

1882 19 अक्टूबर को, सर विलियम हंटर की अध्यक्षता में गठित शिक्षा आयोग के समक्ष प्रस्तुति दी।

1883 18 जुलाई को सबसे प्रसिद्ध पुस्तक 'शेतकरायचा आसुद (किसान का कोड़ा)' लिखी।

1885 01 अक्टूबर को 'इशारा' पुस्तक का प्रकाशन। 29 मार्च को जुन्नार की अदालत ने ग्रामीणों के अधिकार के पक्ष में निर्णय दिया।

1885 मराठी ग्रंथकार सभा को पत्र लिखा।

1886 मामा परमानन्द को पत्र।

1887 18 जुलाई को अपनी वसीयत दर्ज कराई।

1888 02 मार्च को ड्यूक ऑफ़ कनॉट द्वारा सम्मानित किये गए। 11 मई को जनता ने सम्मानित किया और 'महात्मा' की उपाधि प्रदान की। इसी वर्ष लकवाग्रस्त हो गए।

1889 04 फ़रवरी को अपने दत्तक पुत्र यशवन्त राव का 16 वर्ष की उम्र में अन्तरजातीय विवाह कराया। 01 अप्रैल को 'सार्वजनिक सत्य धर्म पुस्तक' का लेखन प्रारम्भ किया।

1890 28 नवम्बर को पुणे में मृत्यु।

1891 'सार्वजनिक सत्यधर्म' पुस्तक प्रकाशित।

सावित्रीबाई फुले (1831-1897)

वर्ष *घटनाएँ*

1831 03 जनवरी को सतारा में जन्म।

1840 नायगाँव में ज्योतिराव फुले से विवाह।

1847 फ़ातिमा शेख़ मित्र बनी।

1847 नार्मल स्कूल से शिक्षक का प्रशिक्षण लिया।

1848 01 जनवरी को पहली कन्या पाठशाला खोली।

1852 14 जनवरी को महिला सेवा मण्डा द्वारा पहला तिलगुल समारोह।

1852 16 नवम्बर को शैक्षिक कार्यों के लिए ब्रिटिश सरकार द्वारा सम्मानित।

1853 सभी स्कूलों का सामान्य दान समारोह।

1854 पहला कविता-संग्रह 'काव्याफुले' प्रकाशित।

1876-77 महाराष्ट्र में अकाल के दौरान 52 नि:शुल्क अन्नछत्र (आहार केन्द्र)।

1889 04 फरवरी को दत्तक पुत्र यशवन्त राव का जोतिबा के मित्र, माली समुदाय से आने वाले ज्ञानोबा कृष्णाजी सासाने की बेटी राधा के साथ विवाह। यह आधुनिक भारत में पहला अन्तरजातीय विवाह था, क्योंकि यशवन्त को जन्म देने वाली माँ काशीबाई ब्राह्मण समुदाय से थीं।

1890 28 नवम्बर को जोतिबा फुले की मृत्यु।

1888 मुम्बई के नागरिकों द्वारा सम्मानित।

1891 काव्य-ग्रंथ 'बावन्नकशी सुबोधरत्नाकर' की रचना।

1893 सासवड में सत्यशोधक समाज के अधिवेशन की अध्यक्षता।

1897 10 मार्च को चिकित्सा-कार्य के दौरान प्लेग से निधन।

चित्र वीथी

महात्मा जोतिबा फुले

सावित्रीबाई फुले

बेटे यशवन्त के साथ जोतिबा

जोतिबा का घर

सावित्रीबाई का जन्मस्थान—नायगाँव

सावित्रीबाई और फ़ातिमा शेख़

जोतिबा की पालक माता—सगुणाबाई

पंडिता रमाबाई

दयानन्द सरस्वती

कृष्णराव पांडुरंग भालेकर

मुकुन्दराव पाटिल

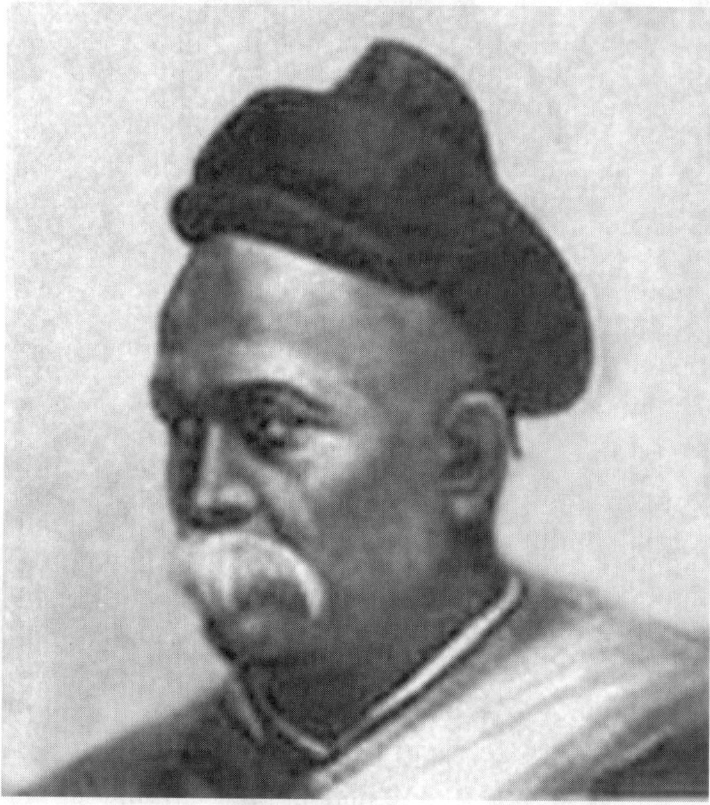

महादेव गोविन्द रानाडे

लहूजी मांग

विष्णु शास्त्री चिपलूणकर

छत्रपति शाहूजी महाराज

थॉमस पेन, जिनके लेखन से जोतिबा ने प्रेरणा पाई।

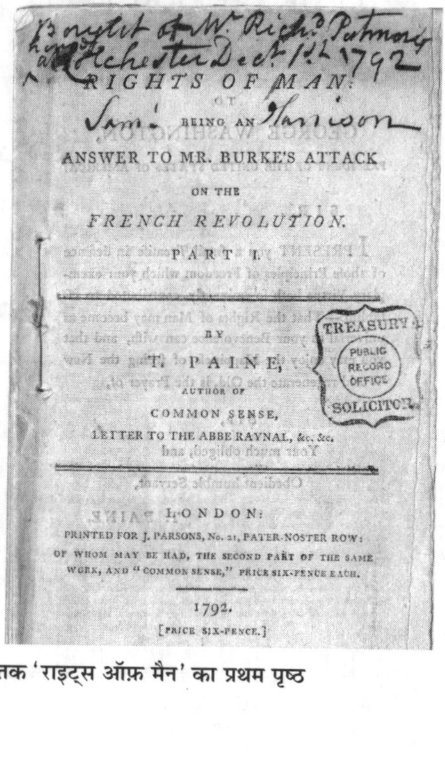

RIGHTS OF MAN:

BEING AN

ANSWER TO MR. BURKE'S ATTACK

ON THE

FRENCH REVOLUTION.

PART I.

BY

T. PAINE,

AUTHOR OF

COMMON SENSE,

LETTER TO THE ABBE RAYNAL, &c. &c.

LONDON:

PRINTED FOR J. PARSONS, No. 21, PATER-NOSTER ROW:

OF WHOM MAY BE HAD, THE SECOND PART OF THE SAME WORK, AND "COMMON SENSE," PRICE SIX-PENCE EACH.

1792.

[PRICE SIX-PENCE.]

थॉमस पेन की पुस्तक 'राइट्स ऑफ़ मैन' का प्रथम पृष्ठ

THE

AGE

OF

REASON;

BEING

AN INVESTIGATION

OF

TRUE AND FABULOUS THEOLOGY.

BY THOMAS PAINE,

SECRETARY FOR FOREIGN AFFAIRS TO CONGRESS
IN THE AMERICAN WAR,

AND AUTHOR OF THE WORKS ENTITLED,
COMMON SENSE, AND RIGHTS OF MAN, &c.

PARIS:
PRINTED BY BARROIS.

LONDON: Sold by D. I. EATON, at the COCK AND SWINE,
No. 74, Newgate-ſtreet.

1794.

PRICE TWO SHILLINGS.

'द एज ऑफ़ रेन' का प्रथम पृष्ठ

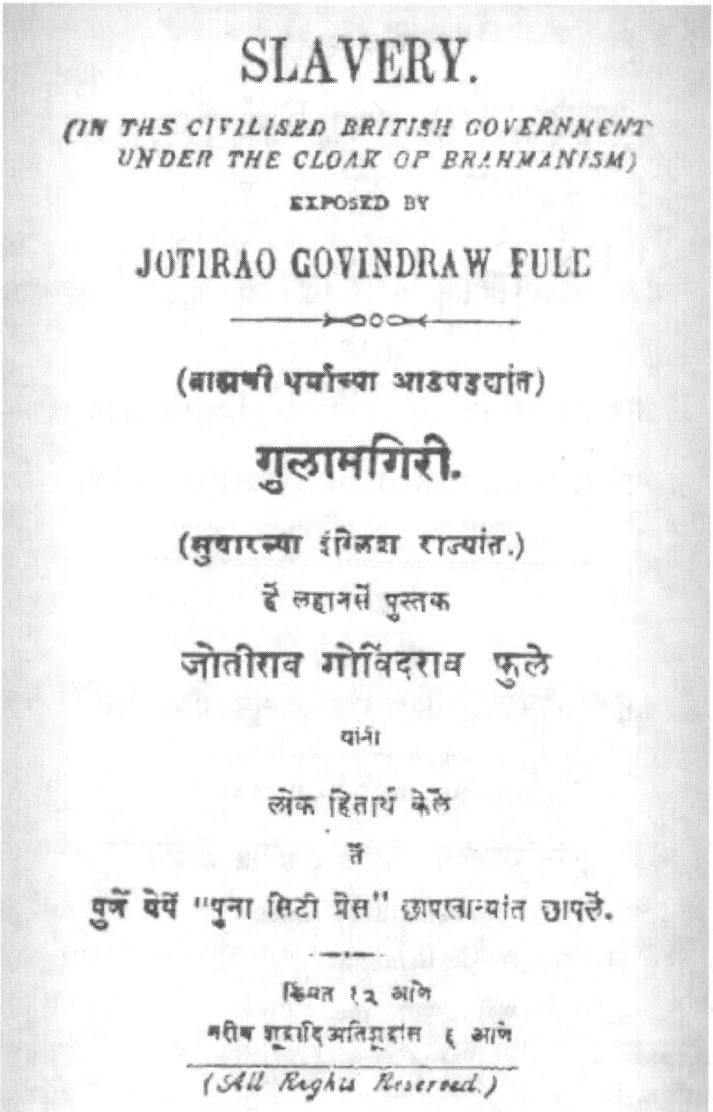

SLAVERY.

(IN THS CIVILISED BRITISH GOVERNMENT UNDER THE CLOAK OF BRAHMANISM)

EXPOSED BY

JOTIRAO GOVINDRAW FULE

(ब्राह्मणी धर्माच्या आडपडद्यांत)

गुलामगिरी.

(सुधारलेल्या इंग्लिश राज्यांत.)

हें लहानसें पुस्तक

जोतीराव गोविंदराव फुले

यांनीं

लोक हितार्थ केलें

तें

पुणें येथें "पुना सिटी प्रेस" छापखान्यांत छापलें.

किंमत १२ आणे

गरीब शूद्रादिअतिशूद्रांस ६ आणे

जोतिबा की पुस्तक 'गुलामगिरी' के 1873 में प्रकाशित पहले संस्करण का मुखपृष्ठ

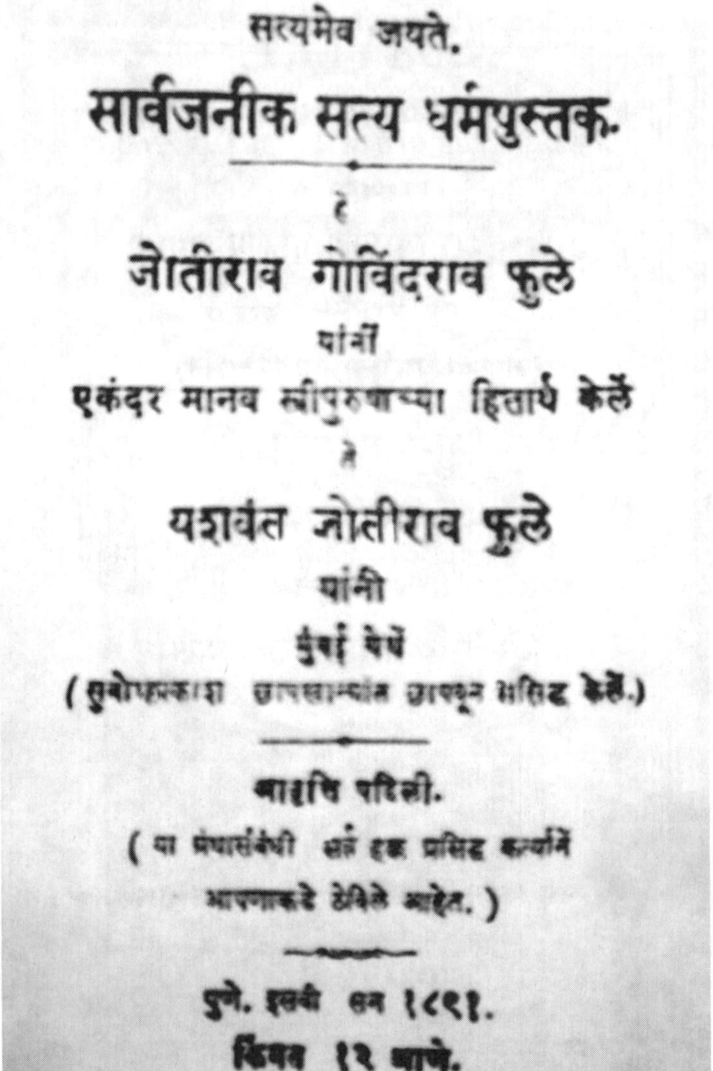

सत्यमेव जयते.

सार्वजनीक सत्य धर्मपुस्तक.

हे

जोतीराव गोविंदराव फुले

यांनीं

एकंदर मानव स्त्रीपुरुषांच्या हितार्थ केलें

तें

यशवंत जोतीराव फुले

यांनी

मुंबई येथें

(सुबोधप्रकाश छापखान्यांत छापून प्रसिद्ध केलें.)

आवृत्ति पहिली.

(या ग्रंथासंबंधी सर्व हक्क प्रसिद्ध कर्त्यानें

आपल्याकडे ठेविले आहेत.)

पुणे. इसवी सन १८९१.

किंमत १२ आणे.

जोतिबा की पुस्तक 'सार्वजनिक सत्य धर्म पुस्तक' के 1891 में प्रकाशित
पहले संस्करण का मुखपृष्ठ

सावित्रीबाई की काव्यकृति 'काव्य-फुले' का मुखपृष्ठ

अछूत लोगों के लिए पुणे में पहला स्कूल खोला गया 'अहिल्याश्रम'।
यह इस तरह का भारत में पहला स्कूल था।

महाराष्ट्र में अकाल के दौरान सावित्रीबाई द्वारा खोले गए
अन्नछत्रों (आहार केन्द्र) में से एक का दुर्लभ चित्र

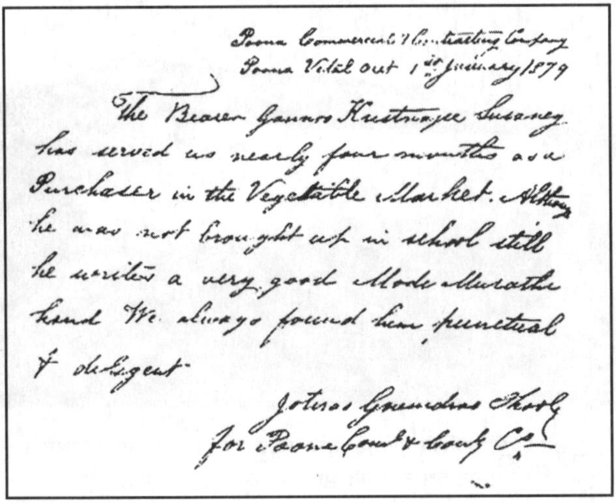

Poona Commercial & Contracting Company
Poona Vital Out 1st January 1879

The Bearer Ganoo Kustnajee Susaney has served us nearly four months as a Purchaser in the Vegetable Market. Although he was not brought up in school still he writes a very good Mode Marathi hand. We always found him punctual & diligent.

Jotirao Govindrao Phooly
for Poona Comml & Contg Co.

जोतिबा की हस्तलिपि

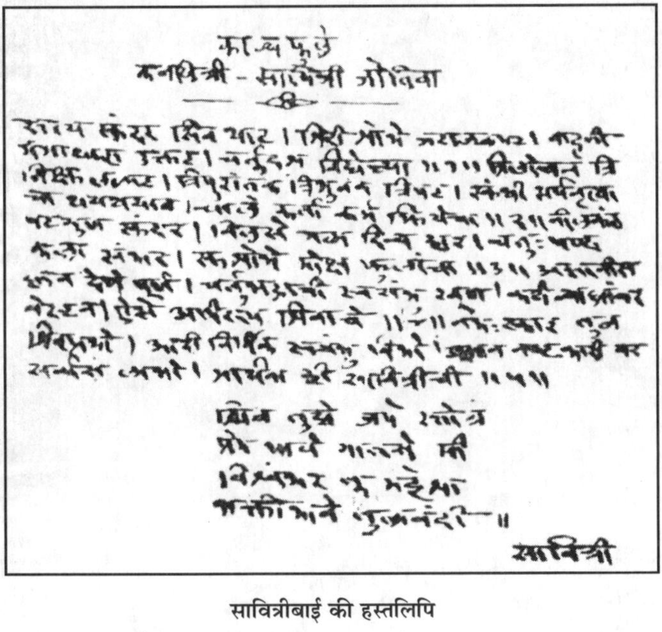

काव्यफुले
कवयित्री - सावित्री जोतिबा

सावित्री

सावित्रीबाई की हस्तलिपि